眼睛

THE EYE

Vladimir Nabokov

弗拉基米尔·纳博科夫

蒲隆——译

上海译文出版社

Vladimir Nabokov
THE EYE

图字：09－2005－111号

图书在版编目(CIP)数据

眼睛/(美)弗拉基米尔·纳博科夫(Vladimir Nabokov)著；蒲隆译．—上海：上海译文出版社，2020.7（2024.2重印）
(纳博科夫精选集．Ⅱ)
书名原文：The Eye
ISBN 978－7－5327－8500－1

Ⅰ．①眼… Ⅱ．①弗… ②蒲… Ⅲ．①长篇小说－美国－现代 Ⅳ．①I712.45

中国版本图书馆CIP数据核字(2020)第105214号

眼睛 The Eye	Vladimir Nabokov 弗拉基米尔·纳博科夫 著 蒲 隆 译	出版统筹 赵武平 责任编辑 邹 滢 装帧设计 山 川

上海译文出版社有限公司出版、发行
网址：www.yiwen.com.cn
201101 上海市闵行区号景路159弄B座
杭州宏雅印刷有限公司印刷

开本787×1092 1/32 印张3.75 插页5 字数43，000
2020年8月第1版 2024年2月第3次印刷

ISBN 978－7－5327－8500－1/I·5230
定价：49.00元

献给薇拉

前言

这本小长篇小说的俄文题目是SOGLYADATAY（按传统音译），按发音念是“Sugly-dart-eye”[1]，重音在倒数第二个音节上。这是一个古代军事术语，意思是“间谍”或“坐探”，但两者都没有俄语词灵活多变的引申意义。盘弄过“密使”和“角斗士”之后，我放弃了音义兼顾的努力，不复所求，随顺了这个长词干末尾的“eye”。故事就是用这个题目在一九六五年年初数月的《花花公子》上连载三期，顺利问世的。

原作一九三〇年写于柏林——我和妻子租了安静的卢波尔德街上一户德国人家的两间屋子——当年年底发表在巴黎的俄文流亡者评论杂志“SOVREMENNYYA ZAPISKI”（《现代纪

事》）上。书中的人都是我在文学青年时代情有独钟的人物：生活在柏林、巴黎或伦敦的俄国流亡者。其实，他们也可以是生活在那不勒斯的挪威人或安布里奇的安布拉基亚人[2]：我向来对社会问题漠不关心，纯粹是利用手边的素材，就如同一个滔滔不绝的食客在桌布上画一幅街头素描或者把一粒面包屑和两只橄榄在菜单和盐瓶中间摆成一个阵图一样。对于社区生活、对于历史侵扰的这种漠不关心有一个有趣结果，那便是：被漫不经心卷入艺术焦点的社会群体具有了虚假的固定态势；在某一时间某一地点，它就被那名流亡作家和他的流亡读者视为理所当然了。一九三〇年的伊万·伊万诺维奇和列夫·奥西波维奇[3]早就被非俄语读者所取代，后者今天不得不想象一个他们一无所知的社会，因而感到困惑和气恼；因为我并不反对一再重复说，自从近半个世纪前苏维埃宣传误导外国舆论造成了对

1 英语 dart 的意思是“飞镖”、“刺人的眼光”；eye 的意思是“眼睛”。

2 安布里奇为美国地名，安布拉基亚为希腊历史地名。

3 即普通俄语读者。

俄国移民（这桩历史事件仍然等待着自己的编年史家）的重要性的无知或贬损以来，自由的毁灭者已经把大量的篇幅从历史中撕掉了。

本故事的时间是一九二四至一九二五年。俄国内战已经结束四个年头了。列宁刚死，但他的专政势力继续强劲。二十个德国马克顶不上五个美元。书中旅居柏林的人从贫民到富商三六九等。富商的例子有玛蒂尔达梦魇般的丈夫卡什马林（显然是从南线经君士坦丁堡逃离俄国的），叶甫盖妮亚和万尼亚的父亲，一位年长的绅士（他有远见卓识，领导着一家德国公司的伦敦分公司，还养着一名舞女）。卡什马林可能就是英国人所谓的“中产阶级”，然而孔雀街五号的两位小姐显然属于俄国贵族，不管有没有头衔，但这种身份并不妨碍她们平庸的读书品味。叶甫盖妮亚的胖脸丈夫在一家柏林的银行工作，他的名字今天听起来十分滑稽。穆欣上校，一本正经，叫人恶心，一九一九年在邓尼金手下打仗，一九二〇年又受弗兰格尔指挥[1]，他能讲四国语言，装出一副冷静、世故的派头，很可能会在他未来岳父引导他进入的轻松工作中大显身手。善良的罗曼·波戈丹诺维奇是个波罗的海人，习染的是德国而不是俄国文化。性情乖戾的犹太人魏因施托克，和平主义者女医生玛丽雅娜·尼古拉耶夫娜，还有无阶级归属的叙事人自己，都是五花八门的俄国知识分子的代表。有一种读者（像本人一样）对诸如从马扎尔语或汉语翻译过来的那种描写不熟悉的环境里的虚幻人物的小说战战兢兢，对于他们，这些指点应该使阅读变得容易一些。

众所周知（用一句有名的俄国成语），我的书不仅受惠于社会意义的缺失，而且也得益于对神话的杜绝：弗洛伊德的门徒对它们趋之若鹜，兴冲冲、痒抓抓地赶来，到了跟前，停下来，闻一闻，却又畏缩起来。另一方面，一位严肃的心理学家

1　邓尼金（Anton Denikin,1872—1947）与弗兰格尔（Peter Wrangel,1878—1928）同为沙皇白卫军将领，两人素来不睦。邓尼金去职后，由弗兰格尔接替。

可以透过我雨滴般晶莹的密码文字分辨出一个灵魂化解的世界，在那里可怜的斯穆罗夫的存在只取决于他在别人头脑里的反映，而他们的头脑接着也像他的一样，被置于同样离奇的镜子似的窘境中。故事的结构戏拟侦探小说的结构，但说实在的，作者否认有任何玩弄、迷惑、愚弄或者欺骗读者的意图。其实，只有立即看懂的读者才会从《眼睛》中获得真正的满足。即便最易轻信的读者，读这篇灵动闪烁的故事时要认识斯穆罗夫为何许人，也不可能费很长时间。我用一位英国老太太，两名研究生，一位冰球教练，一位医生，一位邻居的十二岁的孩子做试验。孩子最快，邻居最慢。

《眼睛》的主题是实施一项调查研究，它引导主人公通过许许多多的镜子，最后以一对形象的重合告终。三十五年前我以某种神秘模式整合叙事人追索的不同阶段，我不知道我从中得到的强烈的快感是否会为现代读者分享，然而，无论如何，强调的不是神秘，而是模式。我相信，尽管时光流转，书海更迭，一种语言的海市蜃楼变成了另一种语言的绿洲，然而追踪斯穆罗夫依然是件精彩的活动。情节不会在读者头脑里——如果我把那头脑研读得正确的话——简化为一个惨痛的爱情故事：其中有一颗痛苦扭动的心不仅遭受弃绝，而且受到羞辱和惩罚。想象的力量终归是善的力量，这些力量依然稳稳地驻留在斯穆罗夫一边，而事实证明备受煎熬的爱的苦涩，就像它最销魂的回报一样，令人陶醉，催人奋起。

弗拉基米尔·纳博科夫

一九六五年四月十九日　蒙特勒

我在柏林当寓公的第一个秋天就遇见了那个女人，那个玛蒂尔达，当时这个世纪和鄙人这条小命都刚刚二十挂零。有人刚刚给我找了一份家庭教师的差使，主人是一户俄国人家，还没有来得及穷相毕露，所以依然靠着圣彼得堡旧习的幻景过日子。教育孩子我以前没有干过——因而对于自己怎么做，跟他们谈什么，脑子里一片空白。两个娃，哥儿俩。在他俩面前我就觉得紧张丢人。

他们一个劲儿地数着我一口一口地抽烟，这种无聊的好奇搞得我把烟卷儿夹成一种古怪别扭的角度，仿佛我这是头一回抽烟似的；我不住地把烟灰洒到自己的腿上，这时候他们明澈的目光就专注地从我的手转向那渐渐摩擦进毛料裤子里的灰白的粉面儿上。

玛蒂尔达是他们父母的朋友，常常过来做客，留下吃饭。一天晚上，她正要走的时候，哗哗哗下起了倾盆大雨，他们就借了她一把伞，于是，她说："太好啦，多谢，多谢，这小伙子送我回家，再把伞拿回来吧。"打那会儿起，陪她一路回家就成了我的一项任务。我想她对我还是蛮有吸引力的，这个胖乎乎的、落落大方的牛眼睛女人，嘴巴挺大，当她照着小镜子给脸上扑粉时，嘴就撮成一道红褶儿，化作一朵玫瑰花骨朵儿。她的脚踝细溜，步态娴雅，这可有一俊遮百丑的效果。她流露出一股浓浓的暖意；她一露面，我就觉得屋里的热度调上去了，等送她回家丢掉这个好大的活火炉后，我就孤零零地走回来，周围是无情的黑夜里纯柔的细声与流转的光华，我感到冷，冷透了心。

后来她丈夫从巴黎来了，常跟她一块儿过来吃饭；他这个丈夫跟别的任何丈夫没有两样，我对他也不甚留意，只是注意到他有个习惯：说话之前嘴先对着拳头哼地一声清清嗓子；还有根沉甸甸的亮头黑手杖，每当玛蒂尔达把她跟女主人的别话转化成轻飘飘的独白时，他就用它敲地板。过了一个月，她丈夫又走了，就在我送玛蒂尔达回家的头一个夜晚，她请我上去拿一本书，长期以来，她一直劝我读一读，那是一本法语读物，好像叫《俄国少女阿丽雅娜》什么的。天还是照旧下着雨，街灯周围罩着一圈颤悠悠的光晕；我的右手埋在她鼹鼠皮外套热烘烘的皮毛里；左手打着一把撑开的伞，被黑夜丁丁冬冬地敲打着的伞。这把伞——后来在玛蒂尔达寓所里——撑开搁在暖气片附近，不停地滴答滴答，每半分钟总要掉下一滴泪来，最后积成了一大摊儿水。至于书嘛，我忘了拿。

玛蒂尔达并不是我的第一个情人。在她之前，我就被圣彼得堡一个女裁缝爱上了。她也胖乎乎的，她也常劝我读一本中篇小说（《穆罗契卡，一个女人一生的故事》）。这两个丰硕的女人，在性爱的狂风暴雨中，都会迸发出一种尖锐、惊骇、孩子气的唧咕声，有时候我觉得这好像是白费力气：我吓得要死越过芬兰边界（尽管坐的是特快列车，拿的是实实在在的签证），逃离布尔什维克俄国，其中经历的千辛万苦只不过是从一个怀抱投向另一个大同小异的怀抱而已。再说，玛蒂尔达很快就开始讨人嫌了。她老把丈夫挂在嘴上，我觉得这是个叫人丧气的话题。这个男人呀，她总说，是个高贵的畜牲。要是叫他发现了，他非当场宰了她不可。他崇拜她，而且是个十足的糟醋坛子。有次在君士坦丁堡，他一把抓住一个法国愣头青，把他在地板上摺了几个大马趴，就像摺一块破布片儿似的。他可是只火蝎子，叫你心里发毛，但毒中有美。我总想换个话题说说，可这就是玛蒂尔达的爱巴马儿，两条壮实的胖大腿骑上去就舍不得下来。她所塑造的丈夫形象跟我不甚注意的那个男人的样子简直对不上茬儿；也许这也压根儿就不是她的奇思异想，就在此时此刻，巴黎的一个醋罐子魔鬼感到了自己情况不妙，正在扮演他老婆分给他的乏味角色：切齿咬牙，眼珠子骨碌碌乱转，鼻子呼哧呼哧喘着粗气。我发现在这种时刻做这样的推测太令人不爽了。

我拖着疲沓的脚步一路走回家，烟盒里空空如也，晓风拂面，脸上火辣辣地烧，仿佛我才刚刚擦掉了登场的粉墨一样，一投足，一迈步，脑袋就跟着痛一下，每当这个时候，我往往从各个方面查看一下自己那一星星小福分，又是惊奇，又是自怜，又感到沮丧和恐惧。对我而言，做爱的巅峰只不过是座荒凉的土包，满目萧瑟。毕竟，为了过得快乐，一个男人必须时不时地了解几段完全空白的瞬间。然而，我总是被暴露无遗，总是大睁着眼睛；即便睡着了，我也没有停止审视自己，对自己的生存一点儿也弄不明白，又越来越着迷于千万不能停止对自己的认知这样一种想法，而且对所有单纯的人——职员呀，革命者呀，店老板呀——羡慕不已，因为他们全都信心十足、兢兢业业地干着自己不起眼的工作。我可没有那种外壳；于是在那些可怕的淡蓝色清晨，当我的脚跟橐橐地敲击着踏过这座城市的荒原时，我常常想象着有人疯了，因为他开始明明白白地感觉到了地球的运动：他就在那里，踉踉跄跄，极力要抓住家具站稳身子；要么在一个靠窗的座位上坐下，兴奋地露齿一笑，活像在火车上转身对着你的那个生客那样笑着，嘴里还说："火车跑得真快，是吧！"可不一会儿，这么不住点的摇晃搞得他头晕恶心；他就开始咂只柠檬，嘣块冰块，然后平躺到地板上，然而全是白搭。运动没有止息，司机是瞎子，哪儿也找不到刹车——车速快得受不了啦，他的心都要迸裂出来了。

我好寂寞啊！玛蒂尔达常忸忸怩怩地问我是不是写诗；玛蒂尔达，在楼梯上，或者在门口，总会巧妙地激我去亲她，只不过是找机会假惺惺地哆嗦一下，充满激情地悄悄说一声"你这小疯子……"；玛蒂尔达当然算不了什么。可在柏林，我还认识谁呢？一个援助流亡者的组织的秘书；雇我当家庭教师的那户人家；魏因施托克先生，一家俄文书店的老板；先前给我租过一间屋子的德国小老太—— 一张短短的名单。这样，我整个毫无防卫能力的身心就招惹起了祸端。一天晚上，灾祸惹上身了。

六点左右。随着暮色降临，室内的空气变沉重了，我正在用一种结结巴巴的声音给我管教的对象读契诃夫的幽默小说，可几乎连字行都辨不清；但我又不敢开灯：这哥儿俩有一种孩子不应有的奇怪的节省癖，一种可憎的持家本能；不管是香肠，黄油，电，还是各种款式的汽车，他们都知道确准的价格。我高声朗读《低音提琴罗曼司》，一方面枉费心机地想娱悦他们，一方面又为自己，也为可怜的作者感到耻辱，这时候，我知道他们意识到了我与模糊万象的暮色的斗争，并且在冷冷地等着看我会不会坚持到街对面房子里的第一盏灯亮起来树立榜样。我成功了，灯光就是给我的奖赏。

我正要给自己的声音增加一些生色（眼看故事到最热闹的

段落了），门厅里的电话突然响了。整套房子就我们仨，哥儿俩忽地跳起来，争先恐后朝那个丁零零的铃声跑。我坐着没有动，书摊开在腿上，冲着没有读完的那一行字淡淡地笑。原来是我的电话。我在一把咯吱作响的藤椅上坐下，把听筒贴到耳朵上。我的学生站在旁边，一左一右，不动声色地瞅着我。

“我正在过来的路上呢。”一个男人的声音说，“你会在家吧，我希望？”

“您的希望不会被辜负的。”我乐呵呵儿地说，“可您是哪位呀？”

“你听不出我是谁？这更好——到时候给你一个惊喜。”那声音说。

“可我倒想知道说话的是谁呀。”我不依不饶地笑着说。（后来我回想起自己那种顽皮到家的语气只觉得恐怖与羞愧。）

“到时候就知道了。”那声音干脆地说。

这会儿我还真就撒起了欢儿。“可为什么呀？为什么呀？”

我问。“真有意思……”我意识到自己是冲着一片真空说话，便耸了耸肩，把电话挂了。

我们又回到了起居室。我说：“喂，我们刚才读到哪儿了？”随后，找着了地方，接着往下读。

然而，我有种惴惴不安的奇怪感觉。我机械地高声朗读，心里直纳闷儿这位来客会是谁呢。一个刚刚从俄国来的什么人？我把熟知的面孔和声音一一过了一遍——哎呀，真还没有多少——不知什么原因，过到一个名叫乌沙科夫的大学生时，我停下了。我回想起在俄国仅上过的那一年大学，我在那里孤独难耐，这段记忆把这个乌沙科夫像一件宝贝一样珍藏着。在谈话中间，我若露出一脸心照不宣的梦悠悠的表情，提起《那就让我们快快乐乐》这支喜气洋洋的歌和莽撞的学生时代，那就意味着我想起了乌沙科夫，尽管，天知道，我跟他只闲聊过两三次（谈的是政治还是别的什么鸡毛蒜皮的事情，我忘记了）。不过，他在电话上显得那么神秘莫测，也不大可能啊。

我猜得入神，时而想是一名共产党特务，时而又想是一位需要个秘书的性格乖僻的百万富翁。

门铃响了。哥儿俩又横冲直撞地冲进了门厅。我放下书，慢腾腾地跟在后边。他们兴高采烈、熟练灵巧地拽着小铁门栓，拨弄了两下某个附加的小机关，门便开了。

一番奇怪的回忆……就算现在，即便很多情形已经变了，但每当我唤起那段奇怪的回忆时，我的心就一沉，就像个从牢房里出来的危险的罪犯。就在那会儿，我的一堵生命的墙全部坍塌了，悄然无声，就像默片上那样。我明白大祸就要临头了，但无疑我还是满脸堆笑，如果我没有说错，那是一脸的谄笑；而我的手伸出去，遇到的注定是一场空，虽然早已料到那样的一场空，但还是努力把姿态完成（在我心里勾起了“起码的礼貌”那种说法的余响）。

“手放下。”客人劈头就是这么一句，眼睛瞅着我主动伸出的手掌——但它已经开始沉向了一个深渊。

难怪刚才我没有听出他的声音来。电话上传出来的将一种熟悉的音色扭曲的某种生硬的特质，其实是一种一反常态的盛怒，一种我头一回在人的声音里听到的粗响。那一幕像一个造型一样滞留在我的记忆中：灯火辉煌的门厅；我不知道怎么处置自己那只被拒绝了的手；哥儿俩一左一右，四只眼睛盯的不是来客，而是我；来客自己则穿着一件带时髦肩章的橄榄绿雨衣，脸色苍白得仿佛被摄影师的闪光灯照瘫痪了似的——眼睛突出，鼻孔张大，修剪整齐的小胡子像个黑色的等边三角形，下面的一片嘴唇充满了毒液。然后是一种几乎觉察不到的动作：双唇分开时吧唧一声，手中黑色的粗手杖随之轻轻抽动了一下；我的眼睛再也离不开那根手杖了。

“怎么啦？”我问，“咋回事儿？准是有误会……肯定，有误会……”就在这当口，我替我那只仍无着落、仍有所想望的手找到了一个叫人既难堪又难受的地方，我恍惚着要维护自己的尊严，便把手搭在一个学生的肩头上；这孩子便也斜了它一眼。

“嘿，我的好兄弟，”来客脱口说道，“让开一点。我不会伤害他们的，你用不着保护他们。我需要一点地儿，因为我要好好修理一下你。”

“这不是你的家。”我说，“你没有权利胡闹，我弄不懂你要我干什么……”

他打我。他照准我的肩头啪的一下，打得又响又重，吃了这一下，我向旁边打了个趔趄，碰得藤椅像个活物似的蹿开了。他龇牙咧嘴，摆出再来一下的架势。这一杖正好落在我举起的胳膊上。打到此间，我只好撤退，躲到起居室里去。他紧追不舍。还有一个奇怪的细节：我声嘶力竭地喊，直呼他的本名和父名[1]，大声问他我到底怎么得罪他了。他又追上了我，我试图用跑的时候顺手抓起的一个垫子保护自己，但被他从我手中打掉了。“这真丢人，”我喊道，“我赤手空拳。我遭人诽

1　俄国人这样称呼表示亲切。

谤。你要为此付出代价的……”我躲到一张桌子后面，像先前一样，一时间，一切凝固成了一个静态造型。他在那儿张牙舞爪，举着手杖，他身后，门两边各站着一个男孩：也许在这一点上我的记忆有点儿程式化，但老天作证，我确实相信，一个双臂交叉靠墙站着，另一个坐在一把椅子的扶手上，哥儿俩都不动声色瞅着我惨遭惩罚。很快，一切又动起来，我们四个全跑进了隔壁的房间；他击打的部位恶毒地下移了，我的双手合成一片鄙陋的无花果树叶，接着，他劈头骇人的一杖，抽在我的脸上，打得我眼前发黑。好生奇怪，我怎么从来不会自己动手打人，不管人家把我得罪得多么厉害，可现在，被他沉重的手杖打了个一塌糊涂，我非但不能回击（因为不精通血性男儿的本事），甚至在忍痛蒙羞的时刻也无法想象自己会抬起手来抵抗一个同类，尤其在那个同类显得愤怒强悍的时候；我也没有设法往自己的屋子里逃，尽管那里的一个抽屉里放着一把左轮手枪——唉，弄来只不过是吓鬼罢了。

我的两个学生若有所思的不作为，他们在这间或那间屋子顶端各自凝结得像壁画一样的姿势，我一退到黑暗的餐厅他们就立即开灯的那种善解人意的态度——凡此种种，肯定是一种认知上的幻觉——将我已经赋予了意义与永久的印象肢解，而且随意得像政客被相机定格下的抬起的膝盖，他不是在跳快步舞，仅仅是跨过一个水坑罢了。

其实，在我遭受处罚的过程中，他们好像始终不在现场；在某一刻，由于担心爹妈的家具，他们按理儿开始打电话报警(这一尝试被那人的一声雷吼打断了)，然而我不知道该把这一刻定在什么时段——在一开始，还是在痛苦、恐怖的顶点，也就是最后我软塌塌地摔倒在地板上，躬得圆圆的脊背暴露着任他脚踢拳打，我哑着嗓子反复哀求："行啦，行啦，我心脏不好……行啦，我心脏不好……"我的心脏，让我插一句，功能一直挺好。

一分钟后，一切都过去了。他点起一支香烟，嘴里呼哧呼哧喘着粗气，手把火柴盒拨弄得嘎啦嘎啦直响；他踅来踅去了一会儿，估摸事态，然后说了几句关于“一点儿教训”之类的话，把帽子戴正，急匆匆地走了。我立马从地板上爬起来，直奔自己的房间。哥儿俩跟在我后面跑。一个还试图抢先进门。我用胳膊肘子一捣，把他搡开，我知道这挺疼的。我锁上门，把脸冲洗了冲洗，一碰到水，伤就被蚀得生疼，我差点儿哭喊起来，然后我就把衣箱从床底下拖出来，开始打点行李。这事儿挺难办——我的脊背疼，左手做起事来也不听使唤。

我穿着外套，提着沉甸甸的衣箱，进门厅时，哥儿俩又露面了。我甚至都没有瞟他们一眼。下楼梯时，我感到他们探出身子趴在栏杆上在上面瞅着我。刚往下走了一点，我就碰上了他们的音乐老师；星期二恰好是她上课的一天。她是个腼腆的俄国女孩，一副眼镜，两条罗圈腿。我没有跟她打招呼，却把自己的一张肿脸转向一边，被她惊讶的死寂一刺激，便冲上了大街。

自杀之前，我想写几封传统信件，而且至少安安全全坐五分钟。因此我叫了一辆出租，去了原来的住处。幸好我那间熟悉的屋子空着，房东小老太太立马给我铺床——白费力气。我很不耐烦地等着她离开，可她张罗了好半天，把罐子灌满，把瓶子灌满，把帘子拉上，把一根卡住的绳子还是什么猛拽了一把，同时抬头一望，张着黑洞洞的嘴巴。最后，喵了一声“再见”，总算走了。

一个可怜兮兮、哆哆嗦嗦、俗不可耐的矮个子男人戴着一顶圆顶帽站在屋子中央，不知怎么回事，一个劲儿地搓着双手。那是我在镜子里瞥见的自己。然后我赶快打开手提箱，把信纸信封拿出来，在自己的衣袋里摸出一截可怜巴巴的铅笔头，坐到桌子旁边。可结果发现，我没有一个写信的对象。我认识的人寥寥无几，热爱的人干脆没有。这样，写信的念头就打消了，别的也就随之放弃；我有过一些模糊的想法，那就是我必须理一理东西，穿上干净的衬衣衬裤，把所有的钱——

二十马克——装在信封里，留张条子说明谁应当接收它。现在我意识到这一切不是今天才决定的，而是在很久以前的不同时段，也就是在我漫不经心地想象人们怎样着手开枪自杀的时候决定的。所以，城里的一个老住户意外接到一位农村朋友的邀请，先弄一个扁平的小酒瓶和一双结实的靴子，并不是因为真正需要这些东西，而是无意识的，是某种以前未经验证的考虑的结果：总以为农村都要穿林翻山地走长路。可到了农村，那里既无树林又无高山，有的只是平展展的农田，而且谁也不想大热天在公路上奔走。就像人们看见了一片真的芜菁田，而不是明信片上的幽谷和林间空地一样，我现在才看明白自己先前关于自杀前活动的想法是多么迂腐；一个已经决定自戕的人已经远离了俗务，而坐下来写遗嘱就会像在那个时候给自己上表一样荒唐，因为世界已与此人俱灭；那封绝笔顿时也化为尘埃，所有的邮差也随它而去；赠与一个不存在的后代的遗产也就像轻烟一样消逝。

有一件事情我早有怀疑——世界是荒谬的——这对于我已经变得一目了然了。我突然感到难以置信的自由，自由本身就是那种荒谬的表现。我拿出那张二十马克的钞票，把它撕得粉碎。我把手表抹下来在地板上乱磕，一直磕到它停下才罢手。我突然想起，要是愿意，就在此刻，我能跑到街上，满嘴脏话，挑个女人往怀里一抱；要么见人就给他一枪，或者砸烂一家商店的橱窗……这几乎就是我能想到的一切：无法无天的想象也有个限度。

小心翼翼，笨手笨脚，我给左轮装上子弹，然后把灯关掉。死的念头一度叫我魂飞魄散，现在却成了一件亲切简单的事儿。我害怕，特别害怕子弹会给我造成巨大的疼痛；然而，难道害怕黑甜乡和匀净的黑暗比一生形形色色的失眠更容易接受，容易理解不成？胡扯——人怎么能害怕那个呢？站在黑屋子的中央，我把衬衣扣子解开，撅起屁股，在肋骨中间摸索心脏，摸到了它的位置。它悸动着，就像你要抱到安全地方去的一个小动物，一只雏鸟或田鼠，你无法给它解释没有什么可怕的，相反，你是在为它做好事。可它确实活蹦乱跳，我的心啊；把枪管紧紧地顶到薄薄的皮肤上，它下面有个袖珍世界弹性十足地收缩悸动，我发现不知怎么就令人反感，因此，我把弯得别扭的胳膊拉开了一点，好让这铁家伙不要碰到我裸露的胸膛。然后我铆足劲儿开了枪。猛地一颠，我身后响起一声令人欣喜的颤音；那种我永远不会忘记的颤动。它立即被水的颤音取代，一种带着喉音的咯咯涌动声。我吸了一下气，给流体呛了；我身体内外的一切又是流又是动的。我发现自己跪在地上；我伸出手想稳住自己，但它陷进了地板，就像沉入无底的水中一般。

过了一段时间，如果一个人还能在这里谈论时间的话，有一点总算弄明白了，那就是死了以后，人的思想依靠惯性继续活了下去。我被紧紧地裹在什么东西里面——是一块裹尸布？仅仅是绷紧的黑暗？我什么都记得——我的名字，世上的生活——清清楚楚，明明白白，而且想到现在没有什么犯愁的了，便感到异常的欣慰。按照顽皮而又满不在乎的逻辑，我从紧扎绷带的不可理解的感觉推进到一家医院的概念，而且好像心想事就成似的，一间幽灵似的医院病房立马在我周围显形了，我有邻居，像我一样的木乃伊，两边各三个。人的思想是件多么伟大的东西啊，它竟然还能超越死亡！天知道在我死亡的大脑早就无用了以后思想还会律动并创造形象多久。一颗蛀空的牙上熟悉的坑儿还在我这儿，自相矛盾的是，这倒给人喜剧性的宽慰。我有点儿好奇，他们是怎样埋我的，唱没唱安魂曲，前来送葬的都是谁。

我的思想多么锲而不舍地，不过又是多么彻底地——仿佛它一直在怀念它原来的活动似的——忙着创造一座医院的表象，一些在床中间走动的白衣人形的表象，一张床上还出现人呻吟的表象。我好心好意地屈从于这些幻觉，激发它们，刺激它们，直到我设法创造出一个完整的、自然的画面，一粒不够精准的子弹彻底穿过锯肌造成的轻伤这么一个简单病例；此间一位医生（我创造出来的）出现了，赶忙证实了我满不在乎的猜想。然后，正当我笑着发誓说我正笨手笨脚地给左轮手枪退子弹时，我那位小老太出现了，她戴着一顶用樱桃装饰的黑草帽。她在我床边坐下，问我感觉怎么样，并且狡狯地向我摇了摇手指，提到被子弹打碎的一只罐子……啊，我的思想多么狡猾，而且用多么简单的日常用语解释那伴我进入空无的脆响和汩汩声。

我估计死后我的思想的惯性很快会失效，但显而易见，我生前的想象如此丰富，所以剩下的足以持续很长时间。它继续演绎康复的主题，很快就让我出院了。对一条柏林街道的复原看上去是个极大的成功——当我在人行道上滑动，如履薄冰试验我那双仍然疲软、实际上与身体脱离了的脚时，我想到了日常事务：我得把表送去修一修，还得买几盒香烟；可我身上没有钱。自己纠缠在这些思想中——而且也不是非常令人惶恐的思想——那张上了赤褐色明暗的肉色二十马克钞票历历如在眼前，我自杀前把它撕成了碎片，还有我当时对自由和免惩的感受。现在，我的行为获得了某种报复意义，我感到高兴，我把自己限制在一种忧郁的奇思异想中，没有在街上撒起欢儿。因为我知道人死后，从肉体上解放出来的思想继续在一切一如既往相互关联的领域里活动，而且有相应的感知度，因为我还知道一个罪人在阴世受的折磨正好就在于：他顽强的心智在设法弄清他鲁莽的阳世行动的复杂后果之前找不到安宁。

我沿着记忆中的街道走去；一切绝像真的，然而却没有任何东西证明我没有死，证明帕绍尔大街不是一个阴世的幻象。我从外部看见了我自己，可以说飘忽不定，既感动，又害怕，就像一个没有经验的鬼魂瞅着一个人的存在。此人的里子，内心的黑夜，嘴巴，嘴里的滋味，他知道得像那人的外形一样清楚。

我飘浮的机械运动把我带到魏因施托克书店。即刻印出来迎合我心意的俄文书马上就出现在橱窗里。一霎间工夫，有些书名似乎仍然雾蒙蒙的；我定睛逼视，雾就廓清了。我进去时，书店空无一人，一个铸铁炉子在角落里烧着，冒起中世纪地狱里的昏暗的火苗。我听见魏因施托克在柜台后面的什么地方喘息。“它滚到下面去了，”他用一种生硬的声音咕哝着，“它滚到下面去了。”说罢就站起身来，这会儿我发现我的想象（的确，它迫不得已在飞快地运作）不太准确：魏因施托克本来留着小胡子，可现在嘴上却没有。我的想象没有来得及把他展现完，理当存在小胡子的那片苍白的空间只有一种淡蓝的点画。

“你的脸色难看得要命，”他说，权当打了个招呼，“不像样子，不像样子。你这是怎么啦？病啦？”我回答说确实病了。“流感盛行，”魏因施托克说，“有好久了，”他接着说，“告诉我，你找到工作了吗？”

我回答说当过一阵子家庭教师，但现在这工作丢了，还说我烟瘾犯了。

来了一名顾客，要买一本俄西字典。“我想这儿有一本，”魏因施托克说着就转向书架，手指头从好几本小胖书的书脊上划过去，“啊，这儿有一本俄葡字典——其实是一回事儿。”

“我就买了吧。”顾客说罢就拿着买下的废物走了。

与此同时，书店后部传来一声深沉的叹息，引起了我的注意。有人被书遮掩着，脚步拖沓地走了过去，嘴里用俄语念叨着“哦唏——哦唏——哦唏”。

“你雇了个伙计？”我问魏因施托克。

“我很快就要把他炒掉，”他低声说，“他是个一无所用的老头子。我需要个小伙子。”

“那黑手党怎么样，维肯季·勒沃维奇？”

“如果你不是这么个居心叵测的怀疑主义者，”维肯季·勒沃维奇·魏因施托克神态威严又不以为然地说，“我可以给你讲很多有趣的事情。”他有点儿伤心，这种情况不对劲儿：我这鬼兮兮、穷飕飕、轻飘飘的状况必须设法了结，可我的幻想反而生出了淡而无味的闲言碎语。

“别，别，维肯季·勒沃维奇，你干吗管我叫怀疑主义者呢？恰恰相反——难道你不记得了——这种事让我赔过老鼻子的钱。”

的确，头一次遇见魏因施托克时，我立即发现他有一个家传的特点，那就是容易为强迫观念左右。他相信一些人经常盯他的梢，他说到他们时，总用一种神秘兮兮的简洁说法："特务"。他暗示有个"黑名单"，估计上面有他的名字。我老是逗他，但心里还是瑟瑟地抖。一天，我感到蹊跷，因为又撞上了当天早晨在电车上碰巧注意到的那个人，一个令人不快的金发汉子，眼睛贼溜溜的——这会儿他就站在我这条街道的拐角儿上，假装在看报呐。于是我开始有种惴惴不安的感觉。我常常责怪自己，打心眼儿里要笑魏因施托克，但我对自己的想象却无可奈何。晚上，我会幻想有人正往窗户里面爬。最后我买了一把左轮，才算心里踏实了。我提到的正是这笔开销（既然我的持枪许可被吊销了，就更加显得可笑）。

"武器对你起什么作用？"他反唇相讥，"他们狡猾得像魔鬼。提防他们只有一种可能——动脑筋。我的组织……"他冷不丁地向我投来一瞥怀疑的目光，仿佛他说得太多了似的。到这里我便下定决心，竭力摆出一副打趣的样子解释，说情况特殊——无处借钱，可我还得活命，抽烟啊；我嘴上说这番话的时候，心里总想着一个油嘴滑舌的陌生人，他掉了一颗门牙，曾经找过我学生的妈妈，而且用的正是这种打趣的口吻，说晚上他得去一趟威斯巴登，正好缺九十芬尼[1]。“好啦，”她心平气和地说，“你可以尽管讲你那威斯巴登的故事，不过当然啦，我可以给你二十芬尼。再多不行，这纯粹是个原则问题。”

可是现在，当我乐此不疲地做这种并列陈述时，我一点儿也不感到丢人。自从那一枪——我认为是致命的那一枪——之后，我一直怀着好奇而不是同情观察自己，而我痛苦的过去——在那一枪之前——现在我已觉得事不关己。跟魏因施托克的这番交谈，对我而言是一种新生的开端。至于自己嘛，我是一个旁观者。我相信存在的虚幻性质，这使我感受到了某种乐趣。

寻找一种基本规律是件傻事，甚至比找到它更傻。某个精

---

1 Pfennig，德国辅币名，一百芬尼合一马克。

神猥琐的小人认定人的一生可以用冥冥中旋转的黄道十二宫来解释，或者可以解释成空腹与饱肚之间的斗争；他雇了个依葫芦画瓢的庸才演克利俄[1]的文秘的角色，并且开始做起了批发时代与民众的买卖；可后来倒霉就倒霉在个人的元气上，由于他的两个元子儿太软，只好在经济事业的蓬勃发展中绝望地呼天抢地。幸好并不存在这样的规律：一次牙疼会输掉一场战役，一场细雨会取消一次起义。一切是流动的，事事取决于机遇，那个穿维多利亚时代格子布裤子的刻薄的资产阶级分子，也就是《资本论》这失眠和偏头疼的成果的作者所作的努力，纯属徒劳。回顾过去并扪心自问，“那又怎么样，要是……”，用一桩偶发事件取代另一桩，观察从人的一生中的一个灰色、贫瘠、单调的瞬间怎样发生在现实中开不了花的神奇而美好的事件，其中自有一番痒抓抓的乐趣。一件神秘莫测的东西，这种枝节横生的人生结构：一个人在过去的每一个瞬间都会感觉

1 Clio，希腊神话中的九位缪斯之一，主管历史的女神。

到一个岔路口，有“此路”，也有“他途”，在过去黑暗的背景上，双叉和三叉的曲里拐弯的路数不胜数，眼花缭乱。

这些关于人生无常特性的简单想法总会涌上心头，只要我想到下面这些情况是多么容易发生：我也许从来不会碰巧在孔雀街五号的那幢住宅里租一间屋，从来不会碰上万尼亚和她姐姐，或者罗曼·波戈丹诺维奇，或者其他很多我突然发现如此出人意料、如此非同寻常地一下子活在我周围的人。还有，如果我的幽魂出院以后换一个房子住下，也许一种难以想象的快乐会跟我相熟，互动起来……谁知道呢，谁知道呢……

我上面，顶楼上，住着一户俄国人家。我是通过魏因施托克见着他们的，他们从他那里拿书——就幻想而言，又一个指导人生的迷人手段。在真正相识之前，我们在楼梯上常常见面，彼此心存防范地撩对方几眼，国外的俄国人都是这副德性。我立即注意到了万尼亚，并且立即心旌摇曳起来；就像在梦里，你走进一座安梦房，并且在那里，在梦的摆布下，发现了为梦所困的猎物。她有个姐姐已经结婚，名叫叶甫盖妮亚，是个长着漂亮的方脸的少妇，那张脸使你想到和善又颇俊俏的牛头犬。还有叶甫盖妮亚魁梧壮实的丈夫。有一回，在楼下的门厅里，我碰巧为他扶了一下门，他那发音不准的德语"谢谢你"（danke）与俄语中"银行"（bank）一词完全同韵——对了，他正好就在那里工作。

跟他们一起住的是一位亲戚玛丽雅娜·尼古拉耶夫娜，一到晚上，他们常有客人，差不多总是那几位。叶甫盖妮亚被看作一家之主。她有一种讨人喜欢的幽默感；正是她给妹妹起了个"万尼亚"的爱称，尽管后者要人们管她叫"摩娜·万娜"（跟的是某出戏中的女主人公），因为发现她的真名——瓦尔瓦拉——不知怎么的，叫起来有些肥胖和麻脸的味道。要习惯这个男性"伊万"的小名，还真费了我一段时日；然而，渐渐地，在我眼里，万尼亚与柔婉的女性名字具有了完全匹配的色调。

姐儿俩长得像极了；姐姐眉目上直露的牛头犬似的笨重在万尼亚脸上也依稀可见，但风格有所不同，这就给她面庞的美赋予了意味和创新。姐妹俩的眼睛也像——黑棕色，稍欠对称，斜了那么一丝儿，暗暗的细细的双眼皮儿挺逗人的。万尼亚的眼睛在虹膜部位比叶甫盖妮亚的暗，而且跟姐姐的眼睛不同的是，还有点儿近视，仿佛太美了，所以不宜天天使用似的。姐儿俩都是棕色头发浅黑皮肤，发型也是一样的：从中间分开，一个又大又紧的圆髻低垂在颈背上。然而姐姐的头发没有同样的天空般的亮滑，也缺乏那种宝贵的光泽。我想甩掉叶甫盖妮亚，完全把她撇开，再没有比对这姐儿俩的必要了；同时我也知道要不是这种相像，万尼亚的魅力就不会完美无缺。只是她的手不太秀气：苍白的手掌跟指关节很大的粉红手背反差太强烈了。她的圆圆的指甲上总有一些小小的白斑。

大脑要奴役一个人的视觉形象，还需要怎么专注，还要怎样逼视呢？她俩就坐在沙发上；叶甫盖妮亚穿着一件黑天鹅绒连衣裙，大珠子项链装饰着白生生的颈项；万尼亚穿的是深红衣裙，戴的是小珍珠而不是大珠子；她的眼睛在浓浓的黑眉毛下低垂着；薄薄的脂粉没有掩住宽宽的眉宇间淡淡的痧子。姐妹俩穿的是同样的新鞋，不住点地撩一眼对方的脚——无疑，同样的鞋穿在自己脚上没有穿在旁人脚上那么好看。玛丽雅娜，一位金发碧眼的女医生，正用盛气凌人的声音给斯穆罗夫和罗曼·波戈丹诺维奇讲最近俄国内战的恐怖情状。叶甫盖妮亚的丈夫赫鲁晓夫，一位乐呵呵儿的胖鼻子绅士——他不停地拾掇着鼻子，不是拽一拽，就是揪住一个鼻孔想把它拧掉——正站在隔壁屋子的门口跟戴夹鼻眼镜的小伙子穆欣说话。两人站在门两边，面对着面，活像两根男像柱。

穆欣和气宇轩昂的罗曼·波戈丹诺维奇是这家的老熟人了，相比之下，斯穆罗夫还是个新客，尽管看上去情况几乎不是这样。没有人能在他身上察觉到那种让一个人在大庭广众之下显得扎眼的腼腆。这些人彼此十分熟悉，把他们捆绑在一起的是私密笑话引起的既定共鸣，是他们听起来活泼泼具有特殊意义的人们姓名的暗示性余响，这总使初来者感到仿佛他开始阅读的期刊连载故事，其实在旧得找不到的过期杂志上早就开始了；当他听着那些泛泛的谈话，涉及的尽是他一无所知的事件，他完全是个局外人，只好哑口无言，谁张嘴说话他的眼睛就赶忙盯上谁，嘴换得越快，他的眼睛也就移动得越勤；然而，很快这个活跃在他周围人们话语中看不见的世界开始压迫他了，于是他心里纳闷：是不是他们处心积虑设计出一场谈话，好把他晾在一旁。然而，就斯穆罗夫而言，即便他偶尔有被人撇开的感觉，但肯定不会表露出来。我必须说头几个晚上他给我留下了挺好的印象。他个头不是很高，但各部分比例匀称，显得很精干。那套纯黑的西服和黑色的领结似乎在用一种矜持克制的方式暗示他在暗暗服丧。苍白的瘦脸洋溢着青春的活力，但洞察秋毫的观察者能从中分辨出悲伤和经历的痕迹。他风度翩翩。一丝儿安静且有点儿忧郁的微笑老挂在唇边。他话不多，但一开口总是妙语连珠，恰到好处，偶尔说句笑话，尽管过于微妙不会惹人哄堂大笑，但似乎打开了一扇谈话中的暗门，放进一股意料不到的清新。人们满以为由于那高贵神秘的谦虚，由于那苍白的脑门和纤细的双手，万尼亚会一见钟情的……还有些事情——譬如说，“勃拉戈达尔斯特伍耶捷”（“谢谢你”）这个词，说出来没有通常的含糊，而是一板一眼，这样便保留了辅音的韵味——肯定给洞察秋毫的观察者揭示：斯穆罗夫属于圣彼得堡的精英社会。

玛丽雅娜在讲述战争的恐怖情状时，停顿了片刻：她终于注意到罗曼·波戈丹诺维奇，一位气宇轩昂的留大胡子男人想插句话，因为话就像块大焦糖似的在他嘴里含着呐。可他没有这份福气，因为斯穆罗夫出口更快。

“倾听战争恐怖情状之时，”斯穆罗夫笑眯眯地引错了一首名诗，“我‘既不为朋友，也不为朋友的母亲’引以为憾，而是为那些从未参加过战争的人引以为憾。子弹的呼啸给你的音乐快感很难诉诸言词……或者当你全速飞奔发起攻击的时候……”

“战争总是可怕的，”玛丽雅娜干脆利落地把话茬打断，“我的教养肯定跟你不一样。一个夺走他人性命的人肯定是个杀人犯，不管他是个刽子手还是个骑兵军官。”

“我个人的看法是……”斯穆罗夫开始说，但她又打断了：

“勇武已是明日黄花。在我行医的过程中，我看见的因战争而致残毙命的人多了去了。如今人类崇尚新的理想。再没有比充当炮灰更有损人格的了。也许由于教养不同……”

“我个人的看法是……”斯穆罗夫说。

“不同的教养，”她赶快接着说，“就人道观念和总的文化兴趣而言，使我用跟你不同的眼光来看待战争。我从来没有向人开枪，也没有把刺刀捅进谁的胸膛。放心吧，在我行医的同事中间你会发现英雄比战场上还多……”

“我个人的看法是，我……”斯穆罗夫说。

“行啦，”玛丽雅娜说，“我们谁也说服不了谁。讨论到此为止。”

然后是一阵短暂的沉默。斯穆罗夫静静地坐着搅他的茶。是的，他从前肯定是个军官，一个拼命三郎，只是出于谦虚，他才只字不提他的历险故事。

“我刚才想说的是，”罗曼·波戈丹诺维奇瓮声瓮气地说，“你提到了君士坦丁堡，玛丽雅娜·尼古拉耶夫娜。在那里的流亡人群中我有一个挺要好的朋友，一个叫卡什马林的人，我后来跟他吵过一架，一个粗暴透顶的家伙，尽管他很快冷静下来，而且表现出他自己特有的善意。噢，对了，他有一次因为吃醋把一个法国人抽得险些儿死了。对了，他给我讲了下面这个故事。给人一点土耳其风情民俗的概念。想一想——”

“抽他？”斯穆罗夫笑着打岔说，“好啊。这故事我爱听——”

“险些儿死了。”罗曼·波戈丹诺维奇重复了一遍，然后讲起了他的故事。

斯穆罗夫一边听，一边连连点头表示赞许。显而易见，他这人表面上朴实安静，骨子里激情似火。毫无疑问，在怒火中烧时，他能把一个家伙揍得稀烂，在激情奔放时，他能在风高月淡的夜晚把一个心惊肉跳、芳香醉人的女孩藏在斗篷下挟到一条蒙住桨架等候着的小船上，就像罗曼·波戈丹诺维奇故事中的什么人做的那样。如果万尼亚是什么性格裁判，她肯定注意到了这一点。

“我把它都详详细细记在日记里了，”罗曼·波戈丹诺维奇得意地给故事画了个句号，然后喝了一大口茶。

穆欣和赫鲁晓夫又分别靠在门框的两边凝结住了；万尼亚和叶甫盖妮亚不约而同地把衣裙向膝盖往平抹了一把；玛丽雅娜无缘无故地盯着斯穆罗夫，他侧面向她坐在那里，为了保持男人习惯性动作的程式，在她不友好的目光逼视下，总把下巴上的肌肉绷得紧紧的。我喜欢他。是的，我毫不含糊地喜欢他；我觉得，玛丽雅娜，这位有文化素养的女医生把他盯得越紧，一位具有钢铁神经、由于在草原沟壑和炸毁的火车站度过许多不眠之夜而面色苍白的年轻的拼命三郎的形象，就变得越清晰，越谐调。好像万事如意。

斯穆罗夫给维肯季·勒沃维奇·魏因施托克当店员（取代那无用的老头儿），可魏因施托克对斯穆罗夫的了解比谁都少。魏因施托克的天性中有一股迷人的莽撞特点。这大概就是他雇用一个他并不熟悉的人的原因。他的疑心需要固定的滋养。就像有一些正常体面的人会出人意料地有收集蜻蜓或版画的癖好，同样，身为废品旧货商的孙子和古董商的儿子，作风稳重、头脑清醒、一辈子做着图书生意的魏因施托克，他已经为自己开辟了一片单另的小天地。在那里，在若明若暗的边缘世界，神秘事件屡屡出现。

印度在他心里勾起一种神秘的敬意：有些人一提孟买，不可避免地想象到的，不是一位热得面红耳赤的英国公务员，而是一位苦行僧，他正是这么一个人。他相信灾星与祸祟，相信魔数和魔王，相信毒眼，相信象征和符号的隐秘神力，相信光肚子的青铜神像。晚上，他常常像一名发呆的钢琴师一样，把手按在一张小而轻的三脚桌上。小桌开始轻轻地嘎吱作响，发出蟋蟀般的唧唧声，然后，铆足了劲儿，一边抬起来，接着一条腿笨拙地使劲儿敲击地板。魏因施托克就会背诵字母表。小桌专注地跟着，念到合宜的字母就敲击一下。信息来自恺撒，穆罕默德，普希金和魏因施托克的一位故去的表弟。有时候桌子调皮捣蛋：它要么升起来悬在半空中，要么就攻击魏因施托克，顶他的肚子。魏因施托克会善意地安抚魂灵，活像一名驯兽师逗弄一头活泼的野兽；他常常退着步子从屋子这头走到那头，指尖却始终按在摇摇摆摆跟着他走的桌子上。为了跟死者说话，他还用了一种有标志的盘子和别的什么古怪的玩艺儿，用一支铅笔在下面顶着。谈话记录在专门的笔记本上。也许会有这么一段话：

魏因施托克：你找到安宁了吗？

列宁：这不是巴登-巴登。

魏因施托克：你想不想给我讲讲阴间的生活？

列宁（稍事停顿）：不想。

魏因施托克：为什么？

列宁：一定得等到全来齐了再说。

这样的笔记本已经积攒了很多，魏因施托克常说有朝一日他要把意义较大的对话出版。很有意思的是，一个名叫阿布姆的鬼魂，来历不明，傻而无味，他充当了一名中介，安排魏因施托克与形形色色的故世名流会面。他对魏因施托克举止狎昵。

魏因施托克：幽灵啊，你是谁？

答：伊万·塞尔盖耶维奇。

魏因施托克：哪个伊万·塞尔盖耶维奇？

答：屠格涅夫。

魏因施托克：你还在创作杰作？

答：白痴。

魏因施托克：你干吗骂我？

答（桌子一仰）：耍你呢！我是阿布姆。

有时候在阿布姆开始恶作剧时，简直没办法把他彻底驱出降神会。“他坏得像猴子，”魏因施托克常常抱怨。

在这些把戏中，魏因施托克的搭档是个粉脸红发的娇小女子，一双胖乎乎的小手，身上有股子桉树胶的味儿，而且三天两头患感冒。我后来得知他们早就有一腿，不过魏因施托克，尽管在有些方面非常坦白，但这件事干得滴水不漏。他们用本名和父名相称，行为举止好像仅仅是好友而已。她常常到书店里来逛逛，顺便烤烤火，读一读里加[1]出版的一种神智学刊物。她鼓动魏因施托克同死灵做实验，并经常讲她屋子里的家具怎么周期性地活过来，一副牌怎么从一个地儿飞到另一个地儿，或者撒得满地板都是，有一回她的床头灯怎么从它所在的桌子上跳下去，模仿狗儿不耐烦地死拽拴它的绳子；插头最后拔出了，黑暗中响起了一阵奔跑声，后来在门厅里找到了灯，就在前门旁边。魏因施托克常说，哎呀，真正的“力量”还没有赐予他呢，他的神经像旧背带一样松垮垮的，而灵媒的神经简直就像竖琴的弦。然而，他不相信显形，他之所以保存着一张招魂师给他的快照，仅仅是把它当作一件奇物，照片上是一个面色苍白的矮胖女人，闭着的眼睛喷出一团流动的云彩状东西。

他喜欢埃德加·坡和巴尔贝·德奥勒维伊[2]，喜欢历险，喜

1 Riga，今拉脱维亚首都。

2 美国作家埃德加·爱伦·坡（Edgar Allan Poe,1809—1849）和法国作家巴尔贝·德奥勒维伊（Barbey d'Aurevilly,1808—1899）都爱写恐怖、犯罪题材的小说。

欢揭破假面具，喜欢预言性的梦，还喜欢秘密社团。共济会地方分会，自杀者俱乐部，黑弥撒，尤其从“那边”派过来盯某个可怜的小流亡者梢的特务（说“那边”的语气是多么的伶俐可怕啊）就在眼前，把魏因施托克的柏林变成了一座神奇之城，他置身其中真是如鱼得水。他常常暗示他是一个大型组织的成员，据推测这一组织致力于破坏一个鲜红蜘蛛织成的细网。魏因施托克早就把这只蜘蛛再造到一个给他毛烘烘的手赋予一种异国色彩的耀眼刺目的印章戒指上了。

“他们无处不在，”他常常语气平静却意味深长地说，“无处不在。如果我参加一场聚会，来了五个，十个，也许二十个人，你完全可以肯定，其中至少有一个特务。譬如说，我跟伊万·伊万诺维奇在说话，可谁能担保伊万·伊万诺维奇信得过呢？再譬如说，我公司里雇了一个人替我工作——随便什么公司，不一定是这家书店（我想将所有的人置于此事之外，你明白我的意思）——嘿，我怎么能知道他就不是个特务？他们无处不在，我重复一遍，无处不在……就是那种不择手段的间谍活动……我来参加聚会，所有的客人都相互认识，可是没法保证这个谦谦君子伊万·伊万诺维奇就不是……”说罢，魏因施托克往往意味深长地点点头。

我很快开始怀疑，魏因施托克尽管小心谨慎，却肯定是有所指的。一般来说，谁若跟他闲聊一阵，走开时难免有这么一种印象，那就是魏因施托克攻击的对象不是跟他交谈的人，就是大家都认识的一位朋友。最值得注意的是有一回——魏因施托克回想起这件事时不无骄傲之情——他可没有看走了眼：一个他挺熟悉的人，一个友好、随和、“像上帝一样诚实的家伙”(魏因施托克的说法)，到头来却是个毒如蛇蝎的奸细。我的印象是，他就是让一个间谍漏了网也不会比没有抓住机会向间谍暗示他魏因施托克已经发现了他更难过。

即便斯穆罗夫确实散发出一种神秘的气息，即便他的过去似乎给人多少有种云里雾里的感觉，难道他可能……？我看见他，譬如说，站在柜台后面，一身笔挺的黑色西装，头发梳得油亮，脸面清秀苍白。每进来一位顾客，他就把没有抽完的香烟小心翼翼支在烟灰缸的边儿上，搓一搓他的纤手，小心周到地接待买主。有时候——尤其来的是女顾客时——他就绽出一丝笑纹，不是表明对书总体上的屈尊俯就的态度，就是拿自己这个普通店员的角色开涮，然后提出宝贵的建议——这值得一读，那未免有点过于沉重；这里把永恒的两性争斗描写得妙趣横生，这本小说不算深刻，但才气横溢，令人沉醉，你知道啦，就像香槟酒一样。于是买到书的那位女士，那位穿着黑色裘皮大衣的红唇女士，便带着一个迷人的形象走了：一双纤手，挑书时有点儿笨拙的动作，轻柔的声音，飘忽的微笑，翩翩的风度。然而，在赫鲁晓夫家，斯穆罗夫已经开始给某人留下一种有点不同的印象了。

孔雀街五号这户人家的生活幸福得不是一般。叶甫盖妮亚和万尼亚的父亲一年大部分时间都在伦敦，给家里寄数额很可观的支票，再说，赫鲁晓夫也很能赚钱。然而，问题并不在这里：即便他们不名一文，情况也不会有任何变化。姐妹俩仍会受到同样的幸福微风的呵护，尽管不知风从何处来，但哪怕是最郁闷、最呆笨的来客也能感受得到。如同他们已经开始做一次快乐旅行：顶楼就好像一艘飞艇那样滑翔。人们无法准确地给幸福的源泉定位。我瞅着万尼亚，开始觉得自己已经发现了这个源泉……她的幸福不言语。有时候她会突然问一个简短的问题，一旦有了答案，便立即又沉默下来，用她那双惊奇、美丽又近视的眼睛盯着你。

“你的父母都在哪儿？”她有次问斯穆罗夫。

“在一个很远的教堂墓地里，”他答道，然后莫名其妙地微微鞠了一躬。

叶甫盖妮亚一只手抛着一个乒乓球，她说她还记得她们的妈妈，而万尼亚就记不得了。那天晚上除了斯穆罗夫和必不可少的穆欣，就没有旁人了：玛丽雅娜去听音乐会了，赫鲁晓夫在自己房里工作，罗曼·波戈丹诺维奇呆在家里写日记，这是他星期五的惯例。安安静静、规规矩矩的穆欣默默不语，偶尔正一下瘦鼻子上无边夹鼻眼镜的夹子。他衣冠楚楚，抽的是地道的英国香烟。

斯穆罗夫见他默默不语，便乘虚而入，突然变得比先前哪一次都要健谈。话主要是冲着万尼亚说的，谈起了他死里逃生的经过。

“事情发生在雅尔塔，”斯穆罗夫说，“那时候白卫军已经撤离。我计划组建一支游击队继续与红军周旋，所以拒绝与别人一起撤走。起初我们藏在山里。在一次交火中我负了伤。子弹穿过我的胸膛，刚好没伤着我的左肺。醒过来时，我仰面躺着，只见星星在上空游动。我怎么办？我一个人躺在山谷里，流血丧命。我决定想办法去雅尔塔——风险很大，但我想不出别的办法。这需要难以置信的劲头。我走了整整一夜，主要靠手脚并用地爬行。最后，天蒙蒙亮，我到了雅尔塔。街道还在沉睡。只是从火车站方向传来枪声。毫无疑问，那里正在枪决人。

“我有一个好朋友，一位牙医。我去了他的住处，在窗户下面拍了拍手。他向外一望，认出了我，立即让我进屋。我藏在他家把伤养好。他有个年轻的女儿，体贴入微地护理我——不过那是另外一码事。显然，我的出现使我的救命恩人处境极其危险，所以我急着要离开。可去哪儿呢？我反复琢磨，决定北上，因为有传言说那里又在重燃战火了。于是有天晚上，我与我那好心的朋友拥抱诀别，他给了我一些钱，如上帝许可，我迟早要还钱的，于是我又一次走在熟悉的雅尔塔街道上。我留着胡子，戴着眼镜，穿着一件破旧的战地上装。我直奔火车站。一名红军士兵站在月台入口，检查证件。我有通行证，上面写着姓名：索科洛夫，职务：军医。红军守兵看了一眼，把证件还给我，本来已经万事大吉了，可偏偏遇上了一点倒霉事。我突然听见一个女人的声音十分平静地说，‘他是个白匪，我认识他。’我头脑冷静，不张不望，一副要上站台的样子。可我刚刚走了三步，就有一个声音，这一回是男人的，喊：‘站住！’我站住了。两名士兵和一个戴皮军帽、相貌粗俗的红脸女人把我团团围住。‘是的，就是他，’那女人说，‘抓住他。’我认出来了，这个共产党是从前给我的几个朋友干过活的女佣。人们常常开玩笑说她对我一往情深，但我总发现她肥唧唧的，而且两片肉乎乎的嘴唇特恶心。又来了三个兵和一个穿半军半民服装的政委模样的人物。‘走。’他说。我耸了耸肩，又冷静地说肯定抓错人了。‘到时候我们会弄明白的。’政委说。

“我以为他们要把我带去审问，但我很快意识到情况比这要严重一些。我们走到车站近旁的货栈后，他们命令我脱掉衣服，靠墙站着。我把手插进战地上装里，装出解扣子的样子，说时迟，那时快，我的勃朗宁手枪，啪啪两响，两个士兵应声倒地，我立即逃命。当然，剩下的人就朝我开枪。一颗子弹打飞了我的帽子。我跑过货栈，跳过栅栏，一枪打死了一个拿着铁锹冲过来的人，跑上路基，赶在一列火车开过来之前，一个箭步冲到路轨那边，长长的列车挡住了追我的人的来路，我乘机逃走了。”

斯穆罗夫接着讲他怎么在夜幕掩护下走到海边，睡在港口的木桶和麻袋中间，偷了一听烤干面包和一小桶克里米亚酒，黎明时分，晓雾迷蒙，独自划一条渔船出海，孤帆漂流了五天之后，被一只希腊单桅纵帆船搭救上去。他用一种平平静静、就事论事、甚至有点单调的声音说话，仿佛在讲鸡毛蒜皮之类的琐事似的。叶甫盖妮亚满怀同情，舌头啧啧有声；穆欣听得入神，真是心有灵犀一点通，时不时轻轻地清清嗓子，仿佛他身不由己，已被故事激得心潮澎湃，对一个无所畏惧、视死如归的人肃然起敬，甚至产生了妒意——善良、健康的妒意。至于万尼亚——再也不用怀疑了，此后她肯定为斯穆罗夫倾倒。

她的睫毛多么迷人地给他的言谈加着标点，斯穆罗夫故事一讲完，睫毛又多么妩媚地扇动着画上圆满的句号，她给姐姐投去的是一瞥什么样的目光——湿润乜斜的一闪——兴许是为了确信她没有注意到她的兴奋。

静默。穆欣打开了他的炮铜色烟盒。叶甫盖妮亚大惊小怪地想起该叫丈夫喝茶了。她在门口转过身来说了句关于蛋糕的话，谁也没听清。万尼亚从沙发上跳起来也跑了出去。穆欣从地板上把她的手绢捡起来，小心地放在桌子上。

“我可以抽你一支烟吗？”斯穆罗夫问道。

“当然可以。”穆欣说。

“哟，你只剩一支了。”斯穆罗夫说。

“拿去抽吧，”穆欣说，“我大衣里还有呢。”

“英国烟总有一股蜜饯李子干的味儿。”斯穆罗夫说。

“或者糖蜜味儿，”穆欣说，“不幸的是，”他用同样的音调补充了一句，“雅尔塔没有火车站。”

这简直是在当头泼冷水。那个神奇的肥皂泡，蓝盈盈，闪着彩虹光晕，亮晃晃的一面反射出窗户弯曲了的影像，一下子大了，胀了，突然没有了，剩下的只是一点儿迸到你脸上的痒酥酥的潮气。

“革命前，”穆欣打破这难以忍受的沉默，说，“我相信有过在雅尔塔和辛菲罗波尔之间修铁路线的计划。雅尔塔我可熟了——到那儿去的趟数多了去了。告诉我，你干吗要编造这么一串拉拉杂杂的废话？”

当然啊，斯穆罗夫仍然可以挽回败局，仍然可以施展某种新的伎俩来个金蝉脱壳，要么，作为最后一招，用一种善意的笑话把以令人恶心的速度垮塌的局面撑住。斯穆罗夫不仅失去了他的镇静，而且还做出了不可能再糟的事情。他压低声音，哑着嗓子说：“求你了，让这件事只有你知我知，千万不可外传。”

穆欣显然为这个荒唐的可怜虫感到耻辱；他正了正夹鼻眼

镜开了腔，但又立即打住了。因为就在这当口，姐妹俩又回来了。用茶期间，斯穆罗夫煞费苦心地装出一副快乐相。然而他的黑西服却显得寒酸破旧，污迹斑斑，廉价领带通常总是在打结的时候想办法把磨损的地方遮住，今晚却露出了那块可怜的破绽，一个小疹子透过下巴上爽身粉淡紫色的残留放着光，令人不爽。情况就是这样……难道斯穆罗夫身上就没有什么谜团了，他只不过是个剥去画皮的普普通通的饶舌鬼，这终究成真了不成？情况就是这样……

不对，谜团还在。一天晚上，在另一个人家，斯穆罗夫的形象显现出焕然一新、非同寻常的一面，而这在以前只露出过一点点蛛丝马迹。屋子里又静又暗。角落里一盏小灯用报纸当灯罩，这就使这张普通的报纸具有了一种神奇的半透明的美。在这种半明半暗的氛围里，谈话突然转向斯穆罗夫。

话是从琐事谈起的。起初是支离破碎、含含糊糊的东拉西扯，然后又连连谈及过去的政治暗杀，再后面就是旧俄国一个大名鼎鼎的双重特务令人谈之色变的名字，和诸如“血……很多麻烦……够了……”之类的片言只语。渐渐地，这种自传性的介绍明晰起来，简短地陈述过一场重大疾病造成的平静结局，一种厚颜无耻的生活的奇怪煞尾后，就明明白白地讲出了下面的一席话：

“这是一个警告。有一个人可要当心。他跟踪我。他刺探，他诱骗，他背叛。他已经对很多人的死亡负有责任。一批年轻的流亡者要越过边境在俄国组织地下工作。但将会布下天罗地网，这批人将会消失，他刺探、诱骗、背叛。你们可要防范。当心一个身穿黑衣的小个子男人。不要叫他谦虚的表面欺骗。我说的是实话……”

“可这人是谁呀？”魏因施托克问道。

回答迟迟不见。

“阿泽夫，请告诉我们，这人是谁？”

魏因施托克软绵绵的手指下面扣着的盘子又在有字母表的那张纸上面乱动起来，左冲右撞，把盘边的标记指向这个或那个字母。它停了六次，最后像只受惊的乌龟一样呆住了。魏因施托克写下一个熟悉的名字，高声念着。

“你听见了吗？”他冲着呆在屋子最黑的一角里的什么人说，“干得漂亮！当然，我用不着告诉你，我压根儿就不相信这事儿。我希望你甭生气。你干吗要生气呢？降神会上精灵胡言乱语是常事。”说罢魏因施托克装作一笑了之。

局面变得怪异起来。我已经能数出斯穆罗夫的三个版本，而原版仍然不得而知。这种情况在科学分类上屡见不鲜。很久以前，林奈[1]描述蝴蝶的一个普通种，加了一个简明的注释“in pratis Westmanniae”[2]。时光荏苒，在值得称道的精益求精的过程

---

1 Carolus Linnaeus（1707—1778），瑞典博物学家，最早阐明动植物种、属定义的原则，为近代分类学奠定基础。

2 拉丁文，在韦斯特曼纳草地上。

中，新的研究者给这个普通种中形形色色的南方和阿尔卑斯山亚种命名，很快，欧洲没有剩下一个人们能发现公称亚种又不是一个区域亚种的地方。模式标本、模型、原模式标本在哪里呢？最后，一位严肃的昆虫学家在一篇详尽的论文里完整讨论了已命名种群的枝蔓联系，认定林奈采集的历时近二百年、褪了色的斯堪的纳维亚标本为唯一的模式标本代表；这一确认起到了正本清源的作用。

我下定决心要用同样的方法把真正的斯穆罗夫挖掘出来，因为我已经意识到他的形象受到盛行在不同灵魂里的气候条件的影响——在阴冷的灵魂里他显出一副样子，但在炽热的灵魂里又花样翻新。我开始喜欢起这场游戏了。就我个人而言，我是无动于衷地观察斯穆罗夫的。一开始有过的对他的某种偏爱已经让位于一种单纯的好奇心。然而我经历了一种对我来说未曾有过的兴奋。如同科学家不管翅膀的颜色漂亮不漂亮，也不管翅膀的斑点清淡还是浓烈（感兴趣的只是它的分类学特征），同样，我看斯穆罗夫时没有任何审美激动；相反，我漫不经心地对斯穆罗夫的面具进行分类，从中找到了痛切的刺激。

这项任务决不轻松。譬如说，我深知毫无风趣可言的玛丽雅娜在斯穆罗夫身上看见的是一个残暴、出色的白卫军军官，“不问青红皂白见人就绞的败类”，这是在一次推心置腹的交谈中叶甫盖妮亚告诉我的绝密。然而，为了精准地确定这一形象，我不得不熟悉玛丽雅娜的全部生活，熟悉她观察斯穆罗夫时内心活跃的继发联想——别的回忆、别的偶然印象和这一切因灵魂而异的灯光效果。我和叶甫盖妮亚的谈话是在玛丽雅娜·尼古拉耶夫娜走后不久进行的；据说她要去华沙，但有迹象表明，还要再往东去——可能回归故里；所以玛丽雅娜带走了一个对斯穆罗夫非常奇特的想法，如果无人矫正，她会保留终生的。

“那你呢，”我问叶甫盖妮亚，“你有什么想法？”

“啊，一下子是说不清的。”她答道，嫣然一笑，使她更像一只伶俐的牛头犬，也更加深了她天鹅绒般的眼影。

“请说出来吧。”我不依不饶地说。

“首先，他很腼腆，”她说得挺敏捷，“是的，是的，极其腼腆。我有个表弟，一个非常文静可爱的小伙子，可是每当他不得不在一个时尚的客厅里面对一群陌生人时，他就打着口哨进来，好显出一种独立派头——既大而化之，又粗糙强横。”

“是的，还有呢？”

“让我想想，还有什么……敏感，对了，极度敏感，当然，血气方刚；跟人打交道缺乏经验……”

从她嘴里再套不出话来了，结果这形象相当苍白，吸引力不是很大。然而，最使我感兴趣的是万尼亚版的斯穆罗夫。我总是想到这事。我记得，一天晚上，机遇似乎要赐我一个答案了。我从自己阴暗的房间爬到她们六楼的住处，结果发现姐儿俩和赫鲁晓夫，还有穆欣，正要出去看戏。由于再没有更可取的事情好做，我就出去陪他们走到出租车站。突然，我注意到我忘了带自己楼下的钥匙。

“噢，别犯愁，我们有两串呢，”叶甫盖妮亚说，“你算运气好，我们住在同一座楼上。给，明天还回来就是了。晚安。”

我一路走回家，路上萌生了一个奇妙的主意。我想象一个电影里的油滑恶少在阅读一份他在别人的案头发现的文件。诚然，我的计划非常粗略。斯穆罗夫曾经给万尼亚送过一支带暗斑的黄色兰花，那花长得有点儿像青蛙；现在我可以探察出万尼亚是否有可能珍爱这朵花儿的残片并将它藏于某个暗屉里。有一回他还送过她一册袖珍本的刚劲诗人古米廖夫[1]的诗集；也许有必要检查一下是不是书页已被裁开了，这本书是不是放在她的床头桌上。还有一张照片，是打了镁光灯拍的，照片上的斯穆罗夫显得气派非凡——半侧影，很苍白，一道眉毛扬起来——他旁边站着万尼亚，而穆欣却躲在后面。大体来讲，还

1 Nikolay Gumilyov(1886—1921)，俄国女诗人阿赫玛托娃（Anna Akhmatova,1889—1966）的丈夫，1921年被苏维埃政权处决。

是有很多可以发现的事情的。我拿定主意万一撞上女佣（一个非常漂亮的女孩，顺便说一句），就解释说我是来还钥匙的，我小心翼翼地打开赫鲁晓夫住所的门，踮起脚尖走进了客厅。

乘人不备闯进别人的房间是挺有意思的。我把灯打开，家具傻了眼。有人在桌子上留下了一封信；空信封躺在那里像个无用的老妈妈。那张小便笺似乎端坐着，像个欢实的小宝宝。那种急切、那种兴奋的悸动，我的手的那种陡然的动作，都证明是多此一举。信是一个我不认识的帕沙大伯写的。通篇只字未提斯穆罗夫！如果是用密码写的，我又不知道解码的诀窍。我翩然蹓进餐厅。一只碗里是葡萄干和果仁，旁边像展翅雄鹰俯卧着的是一本法语小说——《俄国少女阿丽雅娜》历险记。我接着走进万尼亚的卧室，窗子开着，冷飕飕的。我发现瞧着花边床罩和圣坛似的梳妆台给人一种陌生的感觉，梳妆台上刻花玻璃闪着神秘的光。那朵兰花不见踪影，但作为补偿，那张照片靠在床头灯上。那是罗曼·波戈丹诺维奇拍的。照片上的万尼亚两条亮腿交叉坐着，她后面是穆欣的窄脸，万尼亚左边，只能辨出一段黑糊糊的胳膊肘子——那是截掉的斯穆罗夫的仅存部分。铁证如山！万尼亚布满花边的枕头上突然显露出一块星状凹陷——我的拳头猛击的印痕，一眨眼功夫，我已经到了餐厅，大吃特吃葡萄干，可浑身仍在哆嗦。这会儿我记起客厅的那个写字台，便静悄悄、急匆匆地走上前去。然而就在此刻，从前门的方向响起摆弄钥匙的金属声。我赶紧撤退，边走边把灯关掉，最后我发现自己到了餐厅隔壁一间布满锦绣的小闺房里。我摸着黑，撞进了一张沙发，摊开身子躺在上面，仿佛是来睡个小觉的。

与此同时，门厅里传来了人语声——姐儿俩的声音，还有赫鲁晓夫的声音。他们在向穆欣道别。他不会进来待一会儿吧？不会的，时间不早了，他不会进来。不早了？难道我这脱壳的幽魂在几间屋子里飘来荡去真还耗掉了三个钟头？什么地方的一座剧院里，有人有功夫演一出我看了好多遍的傻戏，而在这儿，一个人只不过走遍了三间屋子。三间屋子：三幕戏。我真的在客厅里把一封信琢磨了整整一个钟头，整整一个钟头在餐厅里琢磨一本书，又在卧室出奇的寒冷中耗一个钟头琢磨一张快照？……我的时光和他们的时光没有任何共同之处。

赫鲁晓夫也许立即上床睡觉去了；只有姐儿俩进了餐厅。我那个花团锦簇的黑窝的门没有关紧。我相信现在我会搞到我想要的有关斯穆罗夫的一切情况。

"……可真是累死人了，"万尼亚说着就轻柔地啊呵了一声，传给我一声哈欠，"给我弄一点根汁汽水。我什么茶都不想喝。"一声轻微的刮擦声，一把椅子被搬到桌子跟前。

一阵长时间的沉默。然后是叶甫盖妮亚的声音——近得让我惊恐地瞟了一眼亮缝："……主要的问题是让他把条件给他们讲清楚。这才是主要问题。毕竟他会说英语，可那些德国人不会。我好像不喜欢这种水果软糖。"

又是沉默。"好吧，我劝他去做好了。"万尼亚说。什么东西丁零一声掉了—— 一只小勺，也许——然后又是一阵长时间的停顿。

“瞧这个！”万尼亚大笑一声说道。

“什么做的，木头？”姐姐问。

“不知道。”万尼亚说着又大声笑了。

过了一阵子，叶甫盖妮亚打了个哈欠，比万尼亚打得更加过瘾。

“……钟停了。”她说。

再就没有话了。她们坐了半天；她们把什么东西弄得丁冬作响；坚果钳子咔嚓一声，然后又砰的一声放回到桌布上；然而再没人说话。然后椅子又搬动了。“噢，就搁在那儿吧。”叶甫盖妮亚懒洋洋地拖着长腔说，接着我满怀期待的那条魔缝陡然灭失了。什么地方一扇门砰的一声，万尼亚远去的声音说了点什么，现在听不清了，然后就是寂静和黑暗。我在沙发上又躺了好一阵子，突然注意到已经天亮了。于是我小心翼翼地走到楼梯上回自己的房间去了。

我绘声绘影地想象万尼亚把她的舌尖顶到嘴巴一边，用她的小剪刀嚓地一下把不想要的斯穆罗夫剪掉了。不过也许全然不是这样：有时候有些东西被剪下来为的是单另装到一个相框里。为了证实后面这种推测，过了几天帕沙大伯从慕尼黑不期而至。他要去伦敦看他弟弟，在柏林仅仅逗留两三天。这只老山羊已经很久没见他的两个侄女儿了，所以总喜欢回忆他过去怎样把抽泣的万尼亚摆到他的膝上打她的屁股。乍一看，这位帕沙大伯似乎不过是她年龄的三倍，但只要仔细一瞧，他就在你的眼皮底下老朽了。事实上，他不是五十，而是八十，在人的想象中再没有比这种集青春与衰老于一身的情况更可怕的了。一具穿蓝西服的快乐死尸，两肩沾满头屑，脸刮得净光，浓密的眉毛，鼻孔露出两大撮长毛，帕沙大伯一刻不停，高声大嗓，问长问短。刚一露面，他就唾沫星子四溅，悄声问叶甫盖妮亚每位客人的情况，公开指指点点，用他那根顶头长着一片怪异的黄指甲的食指忽而指这个人，忽而点那个人。第二天发生了一件巧事，与不速之客相关，不知怎么回事，这种人总是接二连三，好像总有某个与魏因施托克的阿布姆不无相似的乏味、胡闹的命星，就在你出游回家的当天，让你碰上曾经在火车上恰巧坐在你对面的那个人。好几天以来我已经感到在子弹射穿的胸膛上有一种莫名的不适，一种类似暗屋里的一丝凉风的感觉。我去看一位俄国医生，在候诊室里坐着的赫然就是帕沙大伯。正当我在是否与他搭讪的问题上心里七上八下的时候（假定自从昨天晚上以来，他已经有足够时间忘记我的脸和我的名字），这个老态龙钟的饶舌鬼，由于不肯隐藏自己经历的粮仓里的一粒谷子，开始与一位上了年纪的太太攀谈起来，这位太太尽管不认识他，但显然喜欢心直口快的陌生人。起初我没有注意他们的谈话，但突然间斯穆罗夫的名字让我为之一震。我从帕沙大伯嘴里听到的海阔天空的陈词滥调太重要了，以致当他最后消失在诊疗室门里时，我不等轮到我就离开了——而且自动离开了，仿佛我来诊疗室仅仅是听帕沙大伯的谈话似的：现在戏演完了，我可以走了。“想想看，”帕沙大伯说，“这个小姑娘绽开成一朵真正的玫瑰花了。我是玫瑰行家，所以立马断定肯定与一位年轻小伙有瓜葛。后来她姐姐跟我说：‘这是个天大的秘密，大伯，所以千万别给任何人讲，可她爱上这个斯穆罗夫已经很长时间了。’当然，这关我屁事。一个斯穆罗夫不见得比另一个坏。但是想到从前有过一个时期我常常打这个女孩小小的光屁股，现在看她那模样儿，俨然是个新娘，还真叫人痛快。她对他崇拜得五体投地。哎，情况就是这样，我的好太太，我们已经痛快过了，现在让别人痛快吧……”

事情就这样发生了。斯穆罗夫被人爱上了。显然，万尼亚，近视但敏感的万尼亚，从斯穆罗夫的平凡中觉察出了点什么，理解了他身上的一点什么，他的安静没有骗过她。还是那天晚上，在赫鲁晓夫家，斯穆罗夫特别地安静谦卑。然而，现在当人们知道洪福向他劈面打来——对，劈面打来（因为福气来势太猛，带着飓风的吼声，反而像洪水猛兽）——现在在他的安静中可以发现某种忐忑，粉盈盈的喜色从他那谜似的惨白中透露出来。天哪，他是怎样脉脉含情地凝眸细看万尼亚啊！她垂下睫毛，鼻孔发颤，她甚至轻轻地咬着嘴唇，躲闪着自己的种种剧烈情感。那天晚上好像有些事情必须搞个水落石出了。

可怜的穆欣不在：他几天前去了伦敦。赫鲁晓夫也缺席。然而，作为补偿，罗曼·波戈丹诺维奇（他在为自己收集材料。每个星期他总像老处女那样一点不落地把日记寄给塔林[1]的一位朋友），显得空前的粗声大嗓，胡搅蛮缠。姐妹俩一如既往，坐在沙发上。斯穆罗夫站着，一只肘子靠在钢琴上，满

1 Tallin，今爱沙尼亚首都。

怀热情地瞅着万尼亚头发光溜的分缝和暗红色的面颊……叶甫盖妮亚好几次跳起来把头探出窗户——帕沙大伯要来告别，她想人一到，即刻替他打开电梯。“我崇拜他，”她笑着说，“他可是个不简单的人物。我打赌他是不会让我们到车站送行的。”

“你弹琴吗？”罗曼·波戈丹诺维奇意味深长地看了看钢琴，彬彬有礼地问斯穆罗夫。“一度经常弹。”斯穆罗夫平静地说。他揭开琴盖，梦悠悠地扫了一眼键盘上毕露的琴齿，又把盖子盖上。“我喜欢音乐，”罗曼·波戈丹诺维奇推心置腹地说，“我想起，在我的学生时代——”

“音乐，”斯穆罗夫调子更高地说，“至少好的音乐能表达语言表达不了的东西。这就是音乐的意义和神秘之所在。”

“他来啦。”叶甫盖妮亚喊了一声就离开了房间。

“你呢，瓦尔瓦拉？”罗曼·波戈丹诺维奇用他那嘶哑粗厚的嗓音问道，“你——‘用比梦还轻的手指’——嗯？来吧，随便弹点什么……一段小间奏曲。”万尼亚摇了摇头，好像要蹙额的样子，但却咯咯地笑了，把脸低下来。毫无疑问，惹她乐不可支的是，在她的灵魂激荡着自己旋律的时候，这个肉头居然请她坐下弹琴。此时此刻，人们可以注意到斯穆罗夫的脸上有一种最强烈不过的渴望，一是要承载叶甫盖妮亚和帕沙大伯的电梯永远卡住不动，二是要罗曼·波戈丹诺维奇一头栽进织在地毯上的波斯蓝狮子的大嘴里，还有最重要的一点是，要我——这只孜孜不倦的冷眼——消失。

就在此刻，帕沙大伯已经在门厅里又擤鼻子又吃吃地轻笑了；现在他已进来站在门口，正傻笑着搓手呢。“叶甫盖妮亚，”他说，“恐怕这里的各位我都不认识。过来，介绍介绍吧。”

“我的天哪！”叶甫盖妮亚说，“那是你的亲侄女呢！”

“原来是这样，原来是这样。”帕沙大伯说，又添油加醋说了些拍屁股、啃桃子的烂话。

“他兴许也不认识别人了。”叶甫盖妮亚喟叹道，便开始大声将我们一一介绍。

“斯穆罗夫！”帕沙大伯惊呼了一声，眉毛竖了起来，“啊，我和斯穆罗夫是老朋友啦。有福，有福之人啊，”他俏皮地接着说，一边摸着斯穆罗夫的胳膊和肩膀，“你以为我们不知道……我们全知道……我说一件事——好好照顾她！她可是天赐的礼物呀。祝你们幸福，我的孩子们……”

他转向万尼亚，而她却用一条皱手绢捂着嘴，跑出屋子。叶甫盖妮亚，发出一种奇怪的声音，赶紧追了出去。然而帕沙大伯并没有注意到他的一番胡拉乱扯，搞得敏感的人儿吃不消，已经催出万尼亚的眼泪了。眼睛鼓出来的罗曼·波戈丹诺维奇极端好奇地盯着斯穆罗夫——而这位先生不管内心感受如何——却依然镇定自若，无可挑剔。

“爱是一件大事。”帕沙大伯说，而斯穆罗夫却礼貌地笑了笑。“这女孩子是个宝。而你，你是个年轻的工程师，对吧？你的工作进展顺利？”

没有具体讲，斯穆罗夫说他干得挺好。罗曼·波戈丹诺维奇突然把膝盖一拍，脸色发青了。

“我在伦敦替你美言几句，”帕沙大伯说，“我关系可多啦。是啊，我要走了，我要走了。其实，立马就走。”

于是这位叫人目瞪口呆的老头子撩了一眼手表，向我们伸出了双手。斯穆罗夫为爱的幸福搞得难以自持，出人意料地拥抱了他。

“你觉得怎么样？……你眼里总是有个怪人！”帕沙大伯把门随手关上以后，罗曼·波戈丹诺维奇说。

叶甫盖妮亚回到了客厅。“人呢？”她吃惊地问道：他的消失有点魔术的味道。

她赶紧走到斯穆罗夫跟前。“请原谅我大伯，”她开始说，“我真傻，把万尼亚和穆欣的事情告诉了他。他肯定把两个名字弄混了。起初我没有意识到他是个老痴癫——”

“我听着听着，以为自己要疯了。”罗曼·波戈丹诺维奇两手一摊插嘴说道。

“啊，好了，好了，斯穆罗夫，”叶甫盖妮亚继续说，“你怎么啦？你可不要往心里去。毕竟，这也没有侮辱你。”

“我没事儿，我只是不知道。”斯穆罗夫沙着嗓子说。

“你不知道是什么意思？人人都知道……事情都进展了老长时间了。当然了，他们互爱互敬。快两年了。听着，我给你讲一件帕沙大伯的有趣事情：有一回，他还比较年轻的时候——别，别不赏脸，这是一个非常有趣的故事——有一天，他还比较年轻的时候，他正好走在涅甫斯基大道上……”

随后有不长的一个阶段我不再注意斯穆罗夫：在此期间我变得沉甸甸的，重新归降于那带来噬人苦痛的重力，先前的皮囊又裹在身上，仿佛我周围的这一切生活不是我想象中的戏剧，而是真的，我是其中一部分，全部身心。如果人家不爱你，但你又不确切知道一名潜在的情敌是不是被她爱上了，又如果有好几个情敌，也不知道哪一个比你幸运；如果你依靠那种满怀希望的无知过日子：它能在猜测中帮你化解一种否则就难以忍受的气恼，那就万事大吉了，你满可以活下去了。但当名字最终一宣布，而又不是你的名字时，那可就惨了！因为她令人魂牵梦绕，甚至叫人潸然泪下，而且只一想起她，一个呻吟、恐怖、咸涩的夜晚就会涌现在我的心海里。她细毛茸茸的脸，她的近视眼，不抹不画的娇嫩嘴唇冻皲裂了，有点儿肿，它的颜色似乎在唇线上留连，溶解在一种狂热的粉红中了；这粉红好像亟需蝴蝶亲吻作香膏以润泽；她那身短短的鲜亮的连衣裙：跟我们打牌，她那一头青丝凑到牌上时，她那大大的膝盖挤在一起，紧得难受；她的一双手，带着青春期的黏糊和一点儿粗糙，叫人特别想摸一摸，亲一亲——是的，她周身上下，一切的一切，都给人煎熬，造成的创伤是不可治愈的，而且只有在梦中当我泪水洗面时，我才最终拥她入怀，在我的嘴唇下感受她的颈项和锁骨附近的凹陷。然而她总是把身子挣开，我就会惊醒，心依然怦怦直跳。她愚笨还是聪明，她的童年情况如何，她读些什么书，她对宇宙是怎么想的，这都跟我有什么相干？我对她确实一无所知，被那取代别的一切、证明一切有理的炽烈的秀色灼得两眼墨黑，而且那种秀色不同于人的灵魂（灵魂往往可以接近，可以占有），所以无法窃取，如同人在自己的物品中包纳不了黑糊糊的房屋上面杂乱的晚霞的颜色，也包纳不了一朵花的香味，尽管他张大鼻孔尽情地吸，直到陶醉，但却无法完全从花冠中提取干净。

有一回，过圣诞节，在一场除了我他们都要去参加的舞会之前，我透过未关严的门缝儿，在一窄条镜子里看见了她姐姐给万尼亚裸露的肩胛骨扑粉；还有一回，我在卫生间看见了一个薄透的乳罩。对我而言，这些都是耗竭人的心血的事件，对我的梦有一种有滋有味又耗神费力的效果，尽管在梦里我没有一次比无望的吻走得更远（我自己也不知道为什么我们在梦中相会时，我总是泪水涟涟）。我从万尼亚那里需求的东西我从来不能拿来永久使用、占有，就像一个人无法占有云彩的颜色和花儿的香味一样。只有在我最后意识到我的渴望注定满足不了，而且万尼亚也完全是我生造出的物什时，我才平静下来慢慢习惯了自己的激动，我就是从这种激动中榨取了一个男人可能从爱情中得到的全部甜蜜。

渐渐地，我的注意力又回到斯穆罗夫身上。顺便说一句，原来斯穆罗夫尽管对万尼亚兴趣不减，却又暗暗地看上赫鲁晓夫的女佣，一个十八岁的女孩，她的特殊魅力就是那双惺忪的睡眼。她人却没有一丝儿睡意。门上了锁，吊在长绳上的赤裸的灯泡照亮了她的未婚夫（一个戴蒂罗尔礼帽的壮小伙）的照片和从主人的桌子上拿来的苹果，这个相貌平平的女孩——我记不清是叫格蕾琴还是希尔达了——会想出什么堕落的做爱把戏，思忖这种事总是挺逗人的。斯穆罗夫把这些事情一五一十地讲给魏因施托克听，而且不无骄傲之情，可后者恰恰对下流故事深恶痛绝，每听到什么淫秽的东西总要使劲“呸”上一声。正因为如此，人们反而特别想给他讲这一类的东西。

斯穆罗夫常常从后楼梯进入她的房间，并且一坐就是半天。显然，叶甫盖妮亚有一次注意到了什么——走廊尽头的快速逃跑或者门背后的窃笑——因为她气哼哼地提到希尔达（或者格蕾琴）跟某个消防人员勾搭上了。在她发泄不满的时候，斯穆罗夫得意地清了几次嗓子。那女佣常把迷人的蒙眬眼垂着，穿过餐厅；缓慢小心地把一钵水果和她的一对乳房搁到餐具柜上；困倦地把一缕暗淡的金黄鬈发从鬓角往后一掠，然后梦游着走回厨房；斯穆罗夫往往搓着双手，仿佛要发表一席演说，要么在泛泛的交谈中间在不该笑的地方笑一笑。斯穆罗夫瞅着那中规中矩的佣人干活，而刚才他还抱着那个屁股柔滑的妞儿在她窄小的屋子里伴着从主人住处传来的留声机悠远的乐声跳狐步舞呢，光脚在光地板上啪哩啪哒：密司脱穆欣从伦敦带来了一些真正动听的如泣如蜜的夏威夷舞曲唱片。斯穆罗夫喋喋不休地讲其中的乐趣，魏因施托克就会做个鬼脸，厌恶地呸上一声。

“你是个冒险家，”魏因施托克常说，“是个唐璜，是个卡萨诺瓦[1]……”然而，在内心里，他无疑管斯穆罗夫叫双料或三料特务，指望阿泽夫的鬼魂在里面坐立不安的那张小桌有新的重要披露。斯穆罗夫这种形象，虽然使我感兴趣，但现在已经索然无味了：它因为没有确凿的证据，所以注定要逐渐褪色。斯穆罗夫人格之谜，当然依旧，人们可以想象魏因施托克，好几年之后，在另一个城市，顺便提起一个怪人，此人曾经给他当过伙计，现在天知道他人在何处。“是啊，一个非常古怪的人物，”魏因施托克会沉吟着说，“一个由七零八碎的暗示编织起来的人，一个肚子里有秘密的人。他能毁掉一个女孩……谁派他来的，他在跟踪谁，都不好说。尽管我从一个可靠的消息来源得知……但随后我什么都不想说了。”

---

1 Giovani Jacopo Casanova（1725—1798），意大利冒险家和作家，喜欢在女人中间厮混。他的名字与唐璜一样，已成为风流浪荡子的别称。

更有意思的是格蕾琴（或者希尔达）对斯穆罗夫的看法。元月的一天，一双新丝袜从万尼亚的衣橱里不翼而飞了，由此大家想起还丢失了很多别的小东西：搁在桌子上的七十芬尼零钱，让人当棋盘上当跳未跳的棋子取掉了；一个水晶粉盒“脱了无由俗围隘”，赫鲁晓夫用谐音调侃道；一块出于某种原因视如家珍的丝帕飘然而逝（我到底能把它放在哪儿呢？）。后来，有一天，斯穆罗夫来的时候打了一条带孔雀光泽的亮蓝领带，赫鲁晓夫眨了眨眼睛说，他过去有条领带跟这一条一模一样；斯穆罗夫显得出奇地尴尬，从此以后再也没有打过那条领带。不过，当然，谁的脑袋里没有出现过这样的念头呢：这个小傻蛋偷了领带（对了，她常说：“领带是男人最靓的装饰”），然后出于纯粹的机械惯性，把它送给了她那时的男朋友——正如斯穆罗夫苦涩地告知魏因施托克的那样。就在她出去的当儿，叶甫盖妮亚进了她的房间，在梳妆台里发现一堆熟悉的用品失而复现，这时她就露出了马脚。于是格蕾琴（或者希尔达）走了，去向不明；斯穆罗夫千方百计想查明她的行踪，但很快无果而终，于是向魏因施托克坦白，适可而止算了。那天晚上，叶甫盖妮亚说她从看楼人的老婆那儿听到一些惊人的消息。“那不是个消防员，根本不是消防员，”叶甫盖妮亚笑着说，“而是一个外国诗人，这不是挺有趣吗？……这位外国诗人有过一段恋爱悲剧，还有德国这么大的家族地产，可不准他返回家园，真是有趣，可不是吗？可惜的是看楼人的老婆没有问他的名字——我肯定他是俄国人，如果是常来看我们的什么人，我也不会大惊小怪……比方说，去年的那个小伙子，你们知道我说的是谁——那个具有致命魅力的黑皮肤男孩，他叫什么来着？”

“我知道你心里想到的是谁，”万尼亚插嘴说，“那个男爵什么的。”

“或者兴许是别的什么人，”叶甫盖妮亚接着说，“哎，太有趣了！一位浑身透着灵气的绅士，一个‘精神绅士’，看楼人的老婆说。都要笑死人了……”

“我决定把这一切统统记下来，”罗曼·波戈丹诺维奇用一种娓娓动听的声音说，“我那位塔林的朋友将会收到一封极其有趣的信。”

“你从来不觉得烦？”万尼亚问，“我好几次开始写日记，但总是半途而废。我每回从头至尾读一遍，总为我写下的东西害臊。”

“啊，不必，”罗曼·波戈丹诺维奇说，“要是你认认真真、定时定点地写，你就有一种很好的感觉，一种自我保存的感觉，可以说——你把自己整整一生保存了下来，到了晚年，重读一遍，你可以发现它不乏迷人之处。比方说，我对你的一番描写，可能会使任何专业作家艳羡不已。这儿来一笔，那儿来一笔，得—— 一幅完整的画像……”

“啊，请让我过过目嘛！”万尼亚说。

“那不行。”罗曼·波戈丹诺维奇笑眯眯地回答。

“那就让叶甫盖妮亚看看。”万尼亚说。

“不行。我倒是愿意，但不行。我每星期的文稿一到，我的塔林朋友就贮藏起来了，我存心不留复本，这样也就死了事后改动的那份心思——别想划掉什么，填上什么。有一天，当罗曼·波戈丹诺维奇老不中用的时候，罗曼·波戈丹诺维奇就坐到桌旁开始重温他的一生。我就是为这个人写的——为将来那个长着圣诞老人胡子的老头写的。如果我发现我的生活丰富多彩，有一定价值，那我就将这份回忆录留给后代作为借鉴。”

“如果都是胡说八道呢？”万尼亚问。

“有人觉得是胡说八道，有人却觉得蛮有意思。”罗曼·波戈丹诺维奇酸溜溜地回答。

这部书信体日记的意图长期以来让我兴趣不减，而且还多少让我有点苦恼了。渐渐地，想读一读，至少读一段摘录也行，这就成了一种强烈的折磨，一种叫人耿耿于怀的事情。我毫不怀疑这些匆匆写下来的东西中有对斯穆罗夫的描述。我知道往往拉拉杂杂记的是一些谈话，乡间漫步，邻居家的郁金香或鹦鹉，还有，比方说，国王被砍头的那个阴天，午餐吃了什么之类——我知道这类琐碎的笔记往往流传千古，人们读得津津有味，从中寻觅古风遗韵，从中查找一种菜肴的名称，从中觅取现在高楼林立的地方昔日喜气洋洋的敞阔。还有，往往出现这样的现象：日记作者生前不是默默无闻，就是受到无名鼠辈的讥讽，可二百年后一下子成了一流作家，因为这种人早就知道怎样用一支秃笔胡刮乱划，使一片空灵的风景，一辆驿车的气味，或一位相识的怪癖万古不灭。想到斯穆罗夫的形象也许会这样万无一失地永生永世保留下来，我不禁有一种神圣的胆寒，于是急不可耐，简直要发疯了，我感到我无论如何也要阴魂不散地插足于罗曼·波戈丹诺维奇和他塔林的朋友之间。当然经验警告我，也许注定要永世长存（学者会喜出望外）的斯穆罗夫的具体形象可能让我震惊；然而要占有这一秘密，要通过未来多少世纪的眼睛看见斯穆罗夫的冲劲，太让人头晕目眩了，就是有可能失望，也不会把我吓退。我只怕一件事——一种漫长而细心的搜检，因为很难想象在我中途截获的第一封信中，罗曼·波戈丹诺维奇就会立马（就像刚打开收音机訇然灌进耳朵里的声音一样）开始走笔如流，报告斯穆罗夫的情况。

我回想起三月风雨交加之夜一条黑暗的街道。天上乌云滚滚，奇形怪状，就像可憎的狂欢节上跌跌撞撞、腾空翻飞的小丑，我站在罗曼·波戈丹诺维奇住的那幢房子旁边，顶着风躬起背，紧紧按住我的圆顶礼帽，觉得一旦松开帽檐，帽子就会像炸弹一样爆开。目睹我在夜里守候的唯一见证就是一盏街灯，它似乎被风吹得不断眨巴着眼睛，还有一片包装纸，它忽而沿着人行道疾跑，忽而又讨厌地蹦蹦跳跳想裹到我的腿上，不管我多么费劲地想把它踢开。以前我从来没有经过这么大的风，没有见过这么一片醉醺醺、乱糟糟的天。这使我苦恼万分。我是来侦察一种仪式的——罗曼·波戈丹诺维奇在星期五和星期六相交的午夜把一封信投进信箱——最根本的问题是在我开始制订已经构想出的模糊计划之前，我要亲眼看个究竟。我希望我一看见罗曼·波戈丹诺维奇顶着风要抢占信箱时，我那还没形儿的计划就会立即鲜活、明晰起来（我想着临时做一个开口的袋子，使手段把它弄进信箱里摆好位置，能让丢进槽口的信落入我的网中）。可这风——忽而在我的帽顶下鼓噪，忽而吹胀我的裤子，要么就是吹得它紧贴着我的腿，弄得两条腿像骨头架子——总是碍事，使我不能集中精力办事。午夜很快就要彻底合拢时间的锐角了；我知道罗曼·波戈丹诺维奇是守时的。我望着房子竭力猜想在那亮灯的三四扇窗户的哪一扇后面，就在此时此刻，坐着一个人，伏在一张纸上，正在创造一幅斯穆罗夫的也许不朽的形象。然后我把目光移向固定在铸铁栅栏上的那个黑暗的立方体，移向那个黑暗的信箱，很快一封不可思议的信将会掉进去，像掉进永恒一样。我躲开了街灯；这样阴影给我提供了一种忙忙乱乱的保护。突然，一团黄光出现在前门玻璃上，我一激动，松开了帽檐。紧接着，我就双手举起，原地旋转起来，仿佛刚刚从我头上摘掉的帽子仍然在我的脑袋上飞旋似的。随着砰的一声轻响，圆顶礼帽掉下来，在人行道上滚开了。我冲过去追，想一脚踩住——跑的时候差点儿与罗曼·波戈丹诺维奇撞了个满怀，他伸出一只手捡起了我的帽子，另一只手拿着一个封好的信封，看上去又白又大。我想这么晚的时候我出现在邻近他家的地方，令他一头雾水。一时间风把我们卷裹进它的暴烈旋涡中；我喊着打了一声招呼，极力要压倒这个疯狂之夜的喧嚣，然后，我用两根指头干净利索地把信从罗曼·波戈丹诺维奇手中夹出来。“我去发信，我去发信，”我喊道，“刚好顺路，刚好顺路……”我还来得及瞥了一眼他脸上惶恐和游移的表情，但我立马逃走，跑了二十码到信箱跟前，假装往里面插了个东西，却把信塞进了衣服里面的胸前口袋。这时候他追上了我。我注意到他穿的是毡拖鞋。“你搞的什么名堂，”他很不高兴地说，“说不定我不想发呢。给，把帽子戴上……见过这么大的风吗？……”

“我有急事，”我气喘吁吁地说（星驰的夜使我透不过气来），“再见，再见！”我的影子往街灯的光环里一跃，展开来，从我身边掠过，然后淹没在黑暗中。我一离开街道，风就停了；万籁俱寂使人心惊，寂静中一辆电车呻吟着拐了个弯。

我连哪路车也没有撩一眼，就跳了上去，因为诱人的是车内喜洋洋、亮堂堂的景象，因为我得立即见到灯光。我找到一个舒适的角落里的座位，便气急败坏地撕开信封。这会儿有人朝我走来，我吃了一惊，顺手用帽子把信捂住。原来是售票员。我假装打了个哈欠，平平静静地掏钱买票，但一直把信藏着，以免法庭上有人可能作证——再没有比这些不起眼的证人更能导致定罪的东西了，售票员，出租车司机，看楼人。他走开了，我又把信展开。信有十页，一笔圆体字，没有一点涂改。信头没多大意思。我一目十行溜过了好几页，突然就像茫茫人海中一张熟悉的脸，出现了斯穆罗夫的名字。真是喜从天降！

“我打算，我亲爱的费奥多·罗伯托维奇，回头简短地说说那个无赖。我怕这样做会惹你心烦，不过，用魏玛天鹅的话说——我指的是著名的歌德——（接着是一句德语）。因此允许我再说说斯穆罗夫先生，请你尝几口心理分析的小菜……”

我停顿了一下，抬头看了看一幅画着丁香紫的高山草场的牛奶巧克力广告。这是我正式放弃刺探斯穆罗夫不朽之秘的最后一次机会。如果这封信真的穿过万里关山进入下个世纪，它的称号——一个包含一个二,三个〇的年份——美妙到了荒诞的地步，那我还在乎什么呢？一位早已作古的作者以什么样的画像，用自己恶心的说法，“款待”他不甚了了的后代，这干我什么屁事？不管三七二十一，现在难道不就是大好时机：我该放弃自己的事业，取消搜索、监视、把斯穆罗夫逼向绝境的疯狂努力了吗？哎，这是心里唱高调：我心知肚明，世上什么力量也不能阻止我看这封信。

“我有这么一个印象，亲爱的朋友，我已经写信给你说过。斯穆罗夫属于我曾称之为‘性左派’的那类怪人。斯穆罗夫的整个外表，他的脆弱，他的颓唐，他的矫揉造作的姿态，他对科隆香水的喜爱，尤其是他一贯对卑微的仆人投去的偷偷摸摸、激情似火的目光——凡此种种，早就证实了我的这一推测。引人注目的是，这些在性问题上不幸的个人，尽管身体上渴望成为男性生殖力成熟的典范，却往往选择一个女人——一个他们很熟、认识或不相识的女人——作为他们的（完全柏拉图式的）爱慕对象。所以斯穆罗夫，尽管性反常，却选择瓦尔瓦拉做他的理想目标。这个漂亮但相当愚蠢的姑娘已经跟某位穆欣先生订婚了，此人是白卫军最年轻的上校之一，所以斯穆罗夫确信他不会被迫与任何女人做他既做不了又不想做的事情，即便她就是那克娄巴特拉本人。何况，‘性左派’——我承认我发现这个说法特别贴切——常常养成一种违法的倾向，这种违反在他身上可得寸进尺了，因为违背法规或违背自然已经存在了。在这一点上，我们的朋友斯穆罗夫决不是个例外。想想看，最近有一天，菲利普·伊诺肯季耶维奇·赫鲁晓夫给我透露斯穆罗夫是个贼，一个最丑恶意义上的贼。原来，跟我谈话的这位把一个上面有玄奥符号的银鼻烟盒——一个年代久远的物品——交给他，要他拿给一位专家鉴定一下。斯穆罗夫拿走了这个漂亮的古董，第二天却向赫鲁晓夫宣称他把东西丢了，一副愁眉苦脸的样子。我听着赫鲁晓夫的故事，给他解释说，有时候偷窃的冲动是一种纯粹的病理现象，甚至有个学名——盗窃癖。赫鲁晓夫，像许多讨人喜欢但见识有限的人一样，开始天真地否认在此事中我们与之打交道的是“盗窃癖”而不是罪犯。我没有提出无疑会说服他的一些论据。对我来说，一切是明摆着的。我非但没有给斯穆罗夫扣上丢脸的“贼”的帽子，而是真心替他难过，尽管这好像显得自相矛盾。

“天气变坏了，或者不如说变好了，因为这雪泥和风不就是春天，可爱的小春天的前兆吗？哪怕在上了年纪的人的心里，春天总会激起朦胧的渴望。一句格言浮上心头，它无疑会——”

我快速扫到信的末尾。再没有我感兴趣的东西。我清了清嗓子，手都不颤地把信叠得整整齐齐。

“终点站到了，先生。”一个粗野的声音在我头上说。

夜，雨，城郊……

斯穆罗夫穿一件引人注目的女式领皮大衣在楼梯台阶上坐着。突然赫鲁晓夫也穿着皮大衣走下来坐到他身边。斯穆罗夫不好开口，但没有多少时间，他只好孤注一掷了。他把一只戴着几枚亮闪闪的戒指——红宝石，一水儿的红宝石——的纤手从宽大的皮毛袖子里释放出来，抹了抹头发，说道：“有点事儿我想提醒提醒你，菲利普·伊诺肯季耶维奇。请你听仔细了。”

赫鲁晓夫点了点头。他擤了擤鼻子（由于老坐在楼梯上，得了重伤风)。他又点了一下头，肿了的鼻子抽了两下。

斯穆罗夫接着说："我要说的是最近发生的一件小事。请你听仔细了。"

"洗耳恭听呢。"赫鲁晓夫答道。

"我难以启齿，"斯穆罗夫说，"我也许会因为言词唐突而错表了本意。你听仔细了。请你听我说。你必须明白，我重提此事，心里并没有任何特别的想法。我甚至不会想到你竟然认为我是个贼。你自己一定同意我的意见：我不可能知道你是这么认为的——毕竟，我是不看别人的信件的。我要你明白，这个问题的出现纯属偶然……你听着没有？"

"接着说。"赫鲁晓夫说着在皮衣里蹭了蹭身子。

"好。咱们回想一下，菲利普·伊诺肯季耶维奇。咱们回想那银子的小玩艺儿。你要我拿给魏因施托克看。听仔细了。离开你的时候我是捏在手里的。别，别，请别背字母表了。不用字母表，我可以跟你交流得很好的。我发誓，我凭万尼亚发誓，我凭我爱过的所有女人发誓，我发誓我不能说出名字的那个人的每一句话——因为要不然，你会认为我能看别人的信件，那同样也能够做贼——我发誓他的话句句都是谎：我真的把它丢了。我回到家里，东西就没有了，那不是我的错。只是我太心不在焉，太爱她了。”

可赫鲁晓夫就是不相信斯穆罗夫；他只是摇头。斯穆罗夫赌咒发誓也是白搭，他把一双亮闪闪的白手拧来拧去也是枉然——没有用，能说服赫鲁晓夫的话就不存在。（到这儿我的梦原有的一点儿逻辑也耗光了：现在，人在上面谈话的楼梯独自竖立在旷野上，下面是梯田式花园和烟花迷蒙的树木；梯田向远方绵延而去，天尽头好像能隐约分辨出瀑布和山坡草地。）“是的，是的，”赫鲁晓夫先用一种生硬凶狠的声音说，“那盒子里有东西，因此是不可替代的。里面是万尼亚——是的，是的，女孩子有时候就碰上这种事儿……一种极其罕见的现象，但碰上了，碰上了……”

我醒了。大清早。一辆卡车驶过，震得窗玻璃瑟瑟地抖。窗玻璃已经好久不结薄薄的淡紫色霜花了，因为春天就要来了。我不再想近来发生了多少事，遇见了多少人，这种逐门逐户的搜寻，我对真正的斯穆罗夫的这种追索是多么的令人入迷，又多么的叫人无望。掩饰又有何用——我遇到的这些人没有一个是生灵，仅仅是斯穆罗夫的偶现镜而已；其中一面，尽管我认为是最重要、最明亮的，但仍然不会给我展示斯穆罗夫的映像。孔雀街五号的主与客在我眼前移动，由明到暗，不费力气，没有危险，创造出来仅仅为的是让我开心。穆欣再一次从沙发上稍稍欠了欠身，把手伸过茶几去够烟灰缸，但我既没看见他的脸，也没看见那只拿香烟的手；我只看见了他的另一只手，它（已经无意识地！）动不动就搭到万尼亚的膝盖上。脸蛋子俨然是一只红苹果的大胡子罗曼·波戈丹诺维奇再一次低下他充血的脸把茶吹凉，玛丽雅娜又一次坐下，跷起二郎腿，两条瘦腿穿着杏黄色的长袜。而作为一个玩笑——那是平安夜，我想——赫鲁晓夫套上他太太的皮大衣，在镜子前面摆出时装模特儿的姿势，在屋子里招摇，惹得哄堂大笑，笑声渐渐开始勉强起来，因为赫鲁晓夫总是把玩笑开过了头。叶甫盖妮亚可爱的小手，手指甲光得好像湿的一样，拿起一只乒乓球拍，于是赛璐珞小球便乒乓乒乓在绿色的网上尽心地来回跳动；又是在半明半暗之中，魏因施托克漂了过来，坐在他的三角形乩板桌前，仿佛坐在方向盘前似的；女佣——希尔达或者格蕾琴——又一次梦悠悠地从一个门向另一个门走去，突然间嘴里念念有词，并扭着身子脱出衣裙。只要我愿意，我就能加速这些人的运动，或者将其减到慢得可笑的程度，也可以把这些人分成几拨儿，或者排成不同的队形，忽而从下面，忽而从侧面把他们照亮……对我而言，他们的整个存在只不过是银幕上的一片微光。

不过，且慢，生活确实做了一次最后的尝试，要给我证明那是真的——逼人又温存，挑逗性的兴奋和折磨，拥有获得幸福的炫目的可能性，和着眼泪，伴着熏风。

那天，我在中午爬上他们的套房。我发现门没有锁，每间屋子都空无一人，窗户开着。一个吸尘器正在某处全心全意、热情满怀地呼呼作响。突然间，透过客厅通往阳台的玻璃门，我看见了万尼亚低下的头。她坐在阳台上拿着一本书——奇了怪了——这是我头一次发现她一个人在家。老早以来我一直努力把我的爱压制下来，办法就是告诉自己：万尼亚，像别人一样，只不过生活在我的想象里，仅仅是水中月，镜中花，我已经养成习惯装出一副特别轻松的语气对待她，所以现在，跟她打招呼时，我毫无尴尬之态，说她“像个从高塔上欢迎春天的公主”。阳台挺小，放着几个空了的绿色花盒子，一个旮旯儿里放着一只破陶罐，在脑海里我把它比作我的心，因为常有这样的情况，一个人对另一个人说话的风格影响那个人在他面前的思维方式。天气暖和，尽管阳光不太明媚，有一丝儿雾气和潮气——冲淡了阳光，还有一丝儿略带醉意又羞羞答答的微风，刚刚造访过某个公园才吹过来，那里黑沉沉的沃土上草芽儿已经茸茸的，绿绿的了。我吸了一口这样的空气，同时意识到离万尼亚的婚礼只有一个星期了。这一想法勾起了所有的渴望和痛楚，我再次忘记了有关斯穆罗夫的事，忘记了我必须用一种满不在乎的态度说话。我转过身，开始俯视街道。我们好高啊，而且就我们俩。“他还要等半天呢，”万尼亚说，“他们让人在那些办公室一等就是几个钟头。”

“你这种浪漫的守望……”我开始说，迫使自己保持那种救命的轻浮，极力让自己相信春风也有点儿俗气，而且我这是自得其乐呢。

我还没有好好看一眼万尼亚呢，见了她我总需要一点儿时间适应适应，才能端详她。现在我才看见她穿着一条黑绸裙子和一件套头白毛衣，开口低的V形领，头发梳得特别光。她继续用她的长柄眼镜看着那本打开的书—— 一本写沙俄迫害犹太人的中篇小说，作者是一位生活在贝尔格莱德或者哈尔滨的俄国女士。我们在街道上面好高好高的地方，直插温柔纷乱的云天……里面的吸尘器停止了嗡嗡。“帕沙大伯死了，”她抬起头来说道，“就是，我们今早接到了电报。”

就算那个快乐的糊涂老头活到了头，关我什么事？但又一想，跟他一道死去的还有斯穆罗夫那最幸福、最短命的形象，新郎斯穆罗夫的形象，我感到我再也遏制不住长期以来在我心里涌动着的烦恼。我不知道它是怎么开始的——肯定有过一些准备活动——但我记得自己不知不觉地屁股担在万尼亚的椅子那宽宽的藤条扶手上，已经攥住了她的手腕——那种长期梦寐以求又遭到禁止的接触。她的脸唰地红了起来，她的眼睛突然开始闪动着泪光——我多么清楚地看见她黑沉沉的下眼皮湿了，莹莹地忽闪着。同时她又笑盈盈的——仿佛怀着意料不到的慷慨之心，她希望赐给我她那千姿百态的美。“他是个多么风趣的老人。”她说，为了解释嘴唇上的光辉，但我打断了她的话头：

“我不能这样下去了，我再也忍受不了了，”我咕哝着说，忽而抓住她的手腕，一抓它立即紧张起来，忽而翻一下摊在她腿上的书上服帖的书页，“我必须告诉你……现在说不说都一样了——我要走了，而且再也不会见到你了。我必须告诉你。毕竟，你不了解我……可事实上我戴着一副面具——我总是藏在面具后面……”

“得啦，得啦，”万尼亚说，“我其实非常了解你，我什么都看在眼里，一切我心里都明镜儿似的。你善良、聪明。等等，我要拿我的手绢。你坐在它上面了。不，它掉下来了。谢谢。请放开我的手——你不得这样碰我。请别这样。”

她又笑了，频频地、滑稽地竖着眉毛，仿佛邀我也笑一笑似的，然而我完全失去了自控能力，某种不可能的希望在我附近飘动；我一边说，一边手舞足蹈，野性大发，搞得身子下面的藤椅嘎吱作响，有那么几次，万尼亚头发的分缝正好到了我的唇下，可她小心地把脑袋挪开了。

“比生命还重要，”我急促地说，“比生命还重要，而且已经有很长时间了，从一开始。而且你是第一个告诉我我善良……”

“请别这样，”万尼亚央求道，“你这只不过是伤害自己，还有我。嘿，你干吗不让我告诉你罗曼·波戈丹诺维奇怎么向我发表爱情宣言的。有意思极了……”

“你敢说！”我喊道，“谁在乎那个小丑呢？我知道，我知道你高兴跟我在一起。如果我有什么你不喜欢的地方，我会改——你要怎样就怎样，我会改。”

“你的一切我都喜欢，”万尼亚说，“甚至你那富有诗意的想象。甚至有时候你那言过其实的品性。不过我最喜欢的是你的善良——因为你非常善良，非常爱每一个人，所以你总是又荒唐又迷人。不过，请你还是别抓我的手，要不然，我索性起身走人。”

“这么说还有希望？”我问。

“绝对没有，”万尼亚说，“你自己心里一清二楚。再说，他随时都会来这儿的。”

“你不可能爱他，”我喊道，“你这是骗自己。他配不上你。我可以给你讲一些关于他的可怕的事情。”

“这就够啦。”万尼亚说，看样子要站起来。然而在这当口，由于想阻止她动作，我情不自禁又忐忑不安地把她抱在怀里，她的套头毛衣给人一种暖融融、毛茸茸、透透亮亮的感觉，于是一种混沌恼人的欢乐开始在我心田里汩汩涌现；我做好准备，哪怕赴汤蹈火也在所不辞，但我至少得吻她一回。

“你挣扎什么呀？”我喃喃地说道，“你能吃什么亏？对于你，仅仅是一个小小的善举——对于我，这就是一切。”

我相信，要是我能再把她抱几秒钟，我也许会完成一次梦幻般销魂的颤栗；然而她想办法脱开身站了起来。她走到阳台栏杆跟前，清了清嗓子，眯起眼睛看着我，天上的什么地方升起一声悠扬的竖琴般的颤音——终极音。我再没有可失去的东西了。我和盘托出了，我喊着说穆欣不爱她，也没法爱她，我用滔滔不绝的陈词滥调描绘她嫁给我后笃定的幸福美满，讲到最后，感到就要痛哭流涕了，便扔下不知怎么正好抓着的她的书，转身走了，永远把万尼亚撇在她的阳台上，让她沐着风，望着春天迷蒙的天空，听着一架看不见的飞机发出的神秘低音。

客厅里，离门不远的地方，穆欣坐着抽烟。他目随着我，平静地说："我从来没有想到你是这么一个大混蛋。"我敷衍地点了一下头，算给他打了个招呼，就离开了。

我下楼回到自己的屋子，拿了帽子，匆匆出门上了街。看见一家花店，我便走了进去，脚跟敲起了地板，嘴上吹起了口哨，一副旁若无人的做派。周围的鲜花清新芳香得叫人入魔，刺激得我的血肉躁动不安。街道伸进了毗连橱窗的侧镜里，然而这只不过是一种虚幻的伸延：一辆从左向右经过的汽车会陡然消失，哪怕街道沉着地等待着它；另一辆汽车，从相反的方向开来，也会消失——其中一辆只不过是个映像。最后售货小姐出现了。我选了大大的一束铃兰，冷冷的宝石从它们富有弹性的铃形花冠上滴下来，售货小姐的无名指上缠着绷带——肯定是自己扎伤的。她走到柜台后面，好半天工夫哗啦哗啦瞎刮划着不少破纸。紧紧捆在一起的花梗形成了一根又粗又硬的香肠；我从来没有想到铃兰会这么沉。我一推门，就注意到侧镜中的映像：一个戴圆顶礼帽的小伙子抱着一束花，向我赶过来。那映像和我融为一体。我出去上了街。

我急如星火地赶路，步态扭捏，被一片花的湿云包围着，我极力不想任何事情，极力相信我要奔赴的那个地方的神奇疗效。去那里是消灾免难的唯一途径：生活，紧迫而沉重，充满常见的折磨，又要把我压垮，并且粗暴地证明我不是一个鬼魂。真实的生活原来就是一场梦，这真叫人毛骨悚然，但本来被认为是一场梦的生活——漂流不定，不负责任——突然一下子凝固成实体，那就更叫人魂飞魄散了！我必须结束这种局面，我知道怎样去做。

一到目的地，连气都没有顾上喘一口，我就开始按门铃；我死命按着，仿佛在抑止一种难耐的饥渴——长久地、贪婪地，到了物我两忘的境地。“好啦，好啦，好啦。”她咕哝着把门打开。我冲过门槛，把花束塞进她的手里。

“啊，好美呀！”她说，然后有点儿迷惘，用她那双灰蓝的老眼盯着我。

“别谢我，”我喊道，狂躁地把手一举，“不过得帮我一个忙：让我看看我过去的房间。我求你了。”

“房间？”老太太说，“对不起，不巧呢，它并没有空着。不过多美啊，你多好啊——”

“你不大明白我的意思，”我说，不耐烦地哆嗦起来，“我只想瞧一眼。没有别的意思。如此而已。看在我给你的花儿的情分上。求你了。我相信房客上班去了……”

我机灵地从她身旁溜过去，在走廊上跑，她在后面追。“天哪，这间屋子租出去啦，”她一再重复着，“高根医生不想离开。我不能让你占用。”

我猛地一下拉开了门。家具的摆放变了点样儿；脸盆架上放了只新水罐；在架子后面的墙上我发现了那个洞，仔细用灰泥墁过——是的，我一发现它，心里就踏实了。我一只手按在心口上，凝神注视着我的子弹造成的那个暗印：这就是我的确死了的证据；世界立即恢复了它令人踏实的无足轻重的状态——我又身强体壮了，什么也伤害不了我。只要发挥一下想象，我动不动就可以召回我以前的生活中最可怕的幻影。

我向老太太庄严地鞠了一躬，离开了这间屋子，曾几何时，就在这儿，有个人猫着腰放开了那致命的弹簧。经过前厅时，我注意到花儿在桌子上平躺着，我装出心不在焉的样子，把它们揽进怀里，心里说，这傻老太不配领受这么金贵的礼物。其实，我可以把它送给万尼亚，再附上一张既伤感又幽默的短笺。花儿的湿润新鲜叫人心里倍觉舒畅；薄纸已经通了，指头捏住一簇凉凉的绿色花梗，心里勾起了陪我走进空无的那种汩汩与滴答。我吊儿郎当地走在人行道的边沿上，眯着眼睛，想象自己正走在悬崖边上，突然耳后一个声音招呼我。

“戈斯波金·斯穆罗夫。”那声音用一种响亮但又犹豫的语气说。听到叫我名字的声音，我一回头，一只脚身不由已地从人行道上踩空了。原来是卡什马林，玛蒂尔达的丈夫，他正往下摘一只黄手套，急如星火地要向我伸出手来。他没有拄那根有名的手杖——人也发生了一番变化——也许是发福了吧。他脸上有种尴尬的神态，一嘴没有光泽的大牙一边咬着那只叛逆的手套，一边冲着我怪笑。最后，他的手伸开满把的指头，齐刷刷地冲我而来。我感到了一种古怪的软弱；我被深深地感动了，我的眼睛甚至开始扎痛起来。

“斯穆罗夫，”他说，“你想象不到我碰见你有多高兴。我找你都找疯了，可是谁也不知道你的地址。”

这时我才明白过来，我这是在过于礼貌地听来自我的前生的鬼魂说话，于是决定让他先碰碰钉子，我说："我跟你没什么可谈的。我没有把你送上法庭，你应当感恩才是。"

"你看，斯穆罗夫，"他悲声哀气地说，"我脾气很坏，我要为此道歉。我们——呃——激烈争论过后，我心里就没有过过太平日子。我觉得可怕极了。允许我向你坦白一些事情，就像两个正人君子做的那样。你看，我后来得知你既不是头一个，也不是最后一个，我把她离了——对了，把她离了。"

"你我不可能讨论任何事情。"我说，然后闻了闻我那胖胖的、冷冷的花束。

"啊，别这样怀恨在心了！"卡什马林惊呼道，"来揍我好了，赏我一顿老拳，然后我们就握手言和。你不想？嘿，你笑了——这是个好兆头。别，别藏到花儿后面——我能看见你笑了。所以，现在我们可以像朋友一样交谈了。允许我问一句，你赚多少钱？"

我依然噘着嘴，过了一会儿才回答他。在此期间，我想说几句好听的话，想说几句表示我多么感动的话，但不得不强忍着。

“那，你看，”卡什马林说，“我给你找份工作，工资是你现在的三倍，明儿一早到单极酒店来见我。我把你介绍给一个有用处的人。这工作很轻省，说不定经常去里维埃拉，去意大利旅游呢。汽车买卖。那你会来看看了？”

他可像人们说的，打到心坎儿上了。我早就对魏因施托克和他的书腻味了。我又开始闻起了那些冷花，将我的欢乐与感激藏在花束中。

“我考虑考虑吧。”我说，打了个喷嚏。

“上帝保佑你！”卡什马林惊叹道，“那就别忘了——明儿。碰上了你，我真高兴，太高兴了。”

我们分手了。我迈着八字步儿慢悠悠地向前走着，我的鼻子埋在花束里。

卡什马林带走的是斯穆罗夫的另一种形象。哪种形象，这有什么区别？因为我并不存在：存在的只不过是反映我的成千上万面镜子。我多认识一个人，像我的幻象数也随之增加。他们在什么地方生活，它们就在什么地方增殖。只有我一个不存在。然而，斯穆罗夫会继续活很久。那哥儿俩，我的那两个学生，会长大变老，而我的这样那样的形象会像个顽强的寄生物一样活在他们心里。然后有一天，记得我的最后一个人将会死去。单凭活着这一事实，我就犯下了罪，在最后一名见证人心里，我的形象，一个逆向胎儿，将会变小，死亡。也许一个关于我的偶然故事，一个我在其中扮演角色的逸闻趣事，将会由他传给儿孙，这样我的名字和鬼魂还将会忽隐忽现一个时期。然后，就会彻底完结。

然而，我快乐。对，快乐。我发誓，我发誓我快乐。我已经认识到世界上唯一的快乐就是观察，刺探，监视、审视自己和别人，不做别的，只做一只略带玻璃色的，有点儿充血的，一眨也不眨的大眼睛。我发誓这就是快乐。我有点儿贱，有点儿臭，没有人欣赏我身上引人注目的一切——我的想入非非，我的广见博识，我的文学天赋……那又何妨？我快乐，因为我能凝神注视我自己，因为任何人都是引人入胜的——是的，确实引人入胜！这世界，尽管它可以竭尽全力，但伤害不了我的一根毫毛。我是刀斧不入，坚不可摧的。假如她跟别人结婚，我担的哪门子心？每隔一个晚上，我都梦见她的衣物在一条没头没尾的幸福的晾衣绳上，在一股永不停息的占有的风里荡漾，而她的丈夫永远也不会知道我如何对待这个跳舞的女巫的丝毛绫罗。这就是爱的极致。我快乐——对，快乐！我还能做什么来证明、怎样来宣布我快乐呢？啊，喊出来，好让你们最后都相信我，你们这些残酷无情、自鸣得意的家伙啊……